Ago auf der Klausens

DONNERSTAGSROMAN
[11.11.21]

In seiner DONNERSTAGSROMAN-Romanovelle eilt dieser Ago auf der Klausens den Ereignissen nach, welche an jenem Tag, jenem 11.11.2021 [11.11.21] eintreten könnten und auch tatwahrwirklich dann passiert sein mögen. Das Geschriebene verknüpft das „Wollende" der Corona-Existenz in der Fastbanalität mit dem Heutigen der Wahrheitszeit zu einer sehr anpakkenden Extrem-Geschichte. Wir sehen uns in der Corona-Welt von Deutschland im November. Aber bereits 2021. Alle haben Angst, und doch will man hinaus in die Welt. Atmen. Dann kommt Karneval! Der Beginn und ein Ende. Susi und Birko und Rinne sind unsere Hauptakteure. Oder auch jener Tag, ein Donnerstag, ja, den vom 11.11. Sie wollen in die Stadt hinein, zur Eröffnung der Session. Aber Filmende machen alles ungewiss, ein Mike, eine Nanni. Beobachtungssorgen entstehen. Wieso uns? Wieso die? Alles live ins Netz. Dazu der Geburtstag von Dostojewski, sich stets fürchten vor dem Aufflackern des Bösen. Die Inzidenz-Zahlen sind sehr erschreckend. Steigen weiter.

AGO AUF DER KLAUSENS verkündet Hoffnungsweisen. So nimmt er sich das Hinwegsehen in die bleibenden Daseinsverrufe. Sein Name kann bekümmerlich sein, zeigt uns aber, dass sich diesem Schrifttäter und Wortraffer keine Frohlebigkeit, aber einiges an Abschenken zuweisen ließe. Nur dieser Tag im November könnte zur Verkostung der Allviren (als Filmkritiker) herankommen. Klausens schreibt auch LIVE-Gedichte, gewiss, erarbeitet zudem immer wieder mal Petizetten. Es entstehen dann auch solcherlei Texteleien. Er werkt stets an Büchern, Zitaten, Allerleifein. Außerdem sind da jene Blogs in seinem Leib verzahnt. Nun wacht da vor uns wieder einmal der eine Roman des feinen Tages. Erst die Menschen nach unserer Zeit werden erfassen und vergeben können, was wir an ihm gewollt hätten. Insgesamt ist es kaum besonders, was man damit beginnen würde. Dennoch: Dieser Mensch kann nur von sich blähen, was ein kühnes Hirngewalze ihm abstritt. So wie alle Coronas von Sätzelein umtost werden und weiterbeben müssen.

Ago auf der Klausens

DONNERSTAGSROMAN
[11.11.21]

Romanovelle von 120 Seiten

Bibliografische Information der Deutschen Nationalbibliothek: Die Deutsche Nationalbibliothek
erfasst diesen Buchtitel in der Deutschen National-
bibliografie. Die bibliografischen Daten können im
Internet unter http://dnb.dnb.de abgerufen werden.

Umschlag: Erstellung (samt Fotos), Copyright für
alles © Ago auf der Klausens, Hauptschrift: Myriad,
Lektorat: Ago auf der Klausens, Endredaktion: Ago
auf der Klausens.
——
ISBN 978-3-7557-3784-1
Erste Auflage November 2021
Herstellung und Verlag:
BoD - Books on Demand, Norderstedt.
Printed in Germany (EU)

www.klausens.com
[Copyright]
© Ago auf der Klausens – info@klausens.com

WOHLFEILERVISION

Ihr lauft durch Tage der Herrung,
Wo uns die Welten zusammenbrechen,
Weil das gebrechliche Klima Humbug erschwitzt.

Wessen ist denn zu tun, wenn alles fragt:
Wohin des Weges mit den Rohstoffen,
die sich allesamt bald vergehen werden?

Wie zudem kann man Gesundheit noch haben,
Dieweil sich in immer neuen Viren Badende
An seltsamen Partys kaum noch erfreuen?

Da vergießen sich Wonne und Wehmut
Ins langzügige Tal der Tränensäcke,
Den Wanderstab mit Abgasen begrüßend.

Hier also sei allerletzte Erst-Zeit,
Sich noch einmal ins Allerlei umzudrehen,
Bis sich die Globuskugel kühn in zwei Hälften teile.

Es gab keinen Regen, das war doch gut.

„Man sollte feiern können."

„Sicher, sicher, das sollte man. Aber wir können es. Nimm den 11.11., aber kippe ihn dann auch wieder aus."

Auskippen? Einen Tag? Auf die Straße? Wie Gülle? Was für eine seltsame Sprache. Rinne war sich nicht sicher. Wollte sie feiern, wollte sie nicht feiern? Gestern war es noch ganz anders gewesen, auch in den Wochen davor. Es lief immer auf den Beginn von Karneval zu. Und man hatte in den letzten anderthalb Jahren so viel einbüßen müssen, von dem, was wir ein munteres Leben nennen, sodass sie immer nur noch vom „Lebchen" sprach.

„Man konnte ja nirgendwo hin. Das wurde erst besser, als 2021 die Türen aufgingen, nach draußen. Frühling. Sommer. Erst dann. Aber nun ..."

Birko wusste nicht, was sie genau meinte. Im Innern schon, aber er tat eher etwas blödig, spielerisch gab er den, der sich schwer tat mit dem Kapieren: „Was war denn eigentlich los, in diesen Monaten?"

Sie tätschelte ihm den Kopf: „Du willst mich wohl auf den Arm nehmen, in deiner ganzen Genügsamkeit. Man könnte dir alles verbieten, zwölf Monate lang, auch den Weg zur Sparkasse, und du würdest dir nichts anmerken lassen."

Es war einfach so, dass das Virus nicht vergehen wollte, sondern in immer neuen Mutationen auftrat. Man sprach akut von der vierten Welle, und heute dann die Eröffnung vom Karneval, wo man zu den Plätzen strömen konnte, sofern die eigene Stadt denn auch in einem Karnevalsgebiet lag.

In Siegburg hatte man schon am Sonntag gefeiert, man war also dem Virus durch diesen Trick ein paar Tage voraus. Jeden Tag konnten neue Schutzverordnungen auftreten, wahr werden oder erklärt werden, so zögerlich diese Politiker*innen auch waren, aber sie konnten dann bei diesen Zahlen nicht mehr wegsehen. Auf der NRW-Seite gab es so viele Dokumente einzusehen und zu studieren, sie konnten immerzu wieder geändert werden.

Verordnungen
Coronaschutzverordnung ab 10. November (PDF) / Änderungen markiert (PDF)
Sonderseite mit den wichtigsten Informationen
Corona-Test-und-Quarantäneverordnung ab 10. November (PDF) / Änderungen markiert (PDF)
Sonderseite mit den wichtigsten Informationen
Coronabetreuungsverordnung ab 29. Oktober (PDF) / Änderungen markiert (PDF)

Coronateststrukturverordnung ab 19. Oktober (PDF) / Änderungen markiert (PDF)

Coronaverordnung für die Fleischwirtschaft ab 28. Oktober (PDF)

Sechsundzwanzigste Verordnung zur Änderung von Rechtsverordnungen (PDF)

Verordnung zur Aufhebung der Coronaeinreiseverordnung Nordrhein-Westfalen vom 12. Mai (PDF)

Sonderseite mit den wichtigsten Informationen

Weitere

Bußgeldkatalog zur Corona-Schutzverordnung (Stand 31. Juli 2021) (PDF)

Bußgeldkatalog zur Coronavirus-Einreiseverordnung der Bundesregierung (Stand: 06. August 2021) (PDF)

Corona-Regeln in Leichter Sprache vom 20. August 2021 (PDF)

Corona-Einreise-Regeln in Leichter Sprache ab dem 28. September 2021 (PDF)

Infos zur Corona-Impfung in Leichter Sprache vom 6. Oktober 2021 (PDF)

Weitere Verordnungen, Allgemeinverfügungen und Erlasse

„Also, Rinne, wie wird es heute werden?"

„Birko, du bringst mich richtig in Rage, das weißt du. Die Dinge stehen insgesamt so schlecht, dass man da nichts weiter tun kann ... als abzuwarten."

9

„Aber du willst schon, dass wir gleich losziehen? Mit der Straßenbahn? Oder zu Fuß?"

„Mir fallen alle Entscheidungen schwer. Ich fühle mich etwas schummrig, das kommt noch hinzu."

„2G ist angesagt, wieso willst du da nervös werden?"

„Weil sich dennoch alle anstecken. – Ich höre gerade, dass Notrufe in einigen Städten ausgefallen sind. Was hat das nun zu bedeuten? Man hat an allen Ecken und Kanten nur noch Sorgen, und danach wieder Sorgen."

„Solange unsere Inzidenz noch nicht über 1000 liegt, geht es doch. Ich erinnere an Rottal-Inn. Landkreis. – Inzidenz bundesweit aber bei 249,1. Das ist so gigantisch, so sehr gigantisch. Über 1000 und 249."

„Ich rufe mal die Susi an."

„Ja, und sag ihr, dass der Maurer im All ist. Ihr Hero."

Er fliegt als erster Deutscher in einer Raumkapsel von Elon Musk ins All: Esa-Astronaut Matthias Maurer bricht mit Verspätung zur ...

Wie müssen wir uns Rinne vorstellen? Sie arbeitete bei einem Tierarzt, als Helferin. Tiermedizinische Fachangestellte würde man sie offiziös nennen wollen. Zu dem Beruf war sie gekommen, weil sie als Kind vier Goldfische hatte. Ihre Mutter kam dann immer in ihr Zimmer und schaute nach, dass auch alles gut ginge. Denn Rinne hatte immer wieder mit der Hand ins Becken gegriffen, um die Tiere zu streicheln. Sie versuchte das. So kam es zu Protesten aus der Familie. Aber nach und nach wuchs sie an die Tiere heran: Goldhamster, Kaninchen, der Hund Mass-Mass, eine Mischung aus Golden Retriever und Labrador. Mit 16 saß sie andauernd auf einem Pferd, Hannibal.

Heute war sie 36, hatte zwei Kinder, die bei der eigenen Mutter (Mama) untergebracht waren. Wegen Karneval. Mit ihren 1,80 Metern war sie sehr groß, zudem eher schlank, sodass sie keine Schwierigkeiten haben würde, sich durch eine Menschenmenge zu schlagen. Also im übertragenen Sinne: schlagen. Vor zudringlichen Männern war sie durch die Größe besser geschützt als Susi, die heute im weißen Overall kommen würde. Verkleidet als Umweltschützerin und Klimaaktivistin.

Rinne hatte sich hingegen sehr viel Mühe mit einem Goldfisch-Kostüm gemacht. Nein, sie hatte es nicht gekauft, sondern selber genäht. Sie wollte nicht sinnlos schwitzen, deshalb mussten es gute

Stoffe sein, kein Chemiegewebe. Sie stand deshalb auf Baumwolle in allen Varianten. Außerdem musste sie immer überlegen, was sich wie bei welcher Temperatur tragen würde. Eventuell musste man mal ein Teil ausziehen, da es zu heiß wurde, nach alledem. Zum Beispiel, wenn man schunkelte. Aber dann brauchte man/frau/mensch ja immer noch ein Kostüm. Sie sprach also vom Lagenprinzip, andere nannten es Zwiebelprinzip.

Auf dem Kopf saß dann eine Art Maske, aber sehr weich, sehr dünn, sodass die FFP2-Gesichtsmaske gegenüber dieser auch noch auffiel, ohne aufzufallen. Jeder sollte also sehen, dass sie eine FFP2 aufhat, zugleich sollte diese medizinische Optik vollkommen von dem Fischgesicht darüber „gelöscht" werden. Diese Medizinmasken erinnerten sie immerzu an ein Krankenhaus. So als ob die ganze Welt zu einem einzigen Krankenhaus mutiert wäre.

Der Test zeigt: Die Filterwirkung aller 20 untersuchten FFP2-Masken ist hoch. Manche können aber das Atmen stark beeinträchtigen oder sitzen nicht bei jedem optimal.

Sie kaufte sich die FFP2 immer im Supermarkt, 69 Cent, oder waren es 65 Cent? Birko tat es ähnlich. Für ihn war der 11.11. nicht so bedeutsam. Aber wenn der Rinne so viel dran lag, würde er sie begleiten. Schließlich war er ihr Bruder, hatte sich heute frei genommen. Sein Job hatte mit Computern zu tut, aber was genau, das wusste man nicht. Hatte er nicht Informatik studiert? In Hannover? Aber Rinne und Susi wussten nicht, was man da so genau machte, in so einem Studium. Es war auffällig, dass Birko immer ein neues Handy hatte, aber immer von einer anderen Firma, als würde er unendlich viele Betriebssysteme und Modelle ausprobieren wollen. Vielleicht bekam er die Geräte ja gestellt. Rinne hatte gefragt, ob er Homepages erstellen würde. Aber diese Art von „Informatik" war es dann doch nicht. Es ging eher in die Tiefen der Computer hinein.

„Kommt Susi denn?"

„Ja, sie steigt in die Bahn zu, am Kimmerplatz wird sie einchecken. Checken für die Straßenbahn ist ein neuer Begriff."

Rinne checkte hingegen Nachrichten. Sie war immer noch bei WhatsApp, obwohl Birko gesagt hatte, dass die so viele Daten abgreifen, wie der Mond hoch am Himmel steht oder wie die Lava auf der Insel La Palma ununterbrochen ins Land bzw. ins Meer fließt. Das würde bei WhatsApp fast schon grauslich zu nennen sein.

Als Tierarzthelferin war Rinne in diesen Dingen aber sehr unkritisch eingestellt. Sie liebte es, sich zwei Stunden lang nur auf Instagram aufzuhalten und dann zu gucken, wie Lady Gaga sich da bildreich zu Wort meldete. Auch das heutige Goldfischkostüm hatte Rinne als Foto auf den eigenen Insta-Account gestellt, aber bei 1456 Followern war das nicht so weltbewegend. Sie hätte so gerne auch mal 50.000 oder 100.000 Follower gehabt. Das sagte sie aber dem Bruder nicht. Der wollte das alles nicht wissen. Von den diversen WhatsApp-Gruppen erzählte sie eh nichts. Birko hätte dann eine Stunde lang nur mit dem Kopf geschüttelt.

Birko war Informatiker und (in Maßen) Aktivist. Hasste Facebook, verachtete Google, fürchtete aber zugleich auch solche Konzerne. Er unterstützte alle und jeden gegen den Braunkohletage(ab)bau. Er fuhr auch mal hin, nach Erkelenz und Umgebung, lief dann in einem der Orte mit, die noch abgebaggert werden sollten. Kleine Demos von 234 Leuten.

Keyenberg – Ortsteil von Erkelenz – wird seit 2016 umgesiedelt
– umgesiedelt nach Keyenberg (neu)
Kuckum – Ortsteil von Erkelenz – wird seit 2016 umgesiedelt –
umgesiedelt nach Kuckum (neu)
Unterwestrich – Ortsteil von Erkelenz – wird seit 2016 umgesie-

delt – umgesiedelt nach Unterwestrich (neu)
Oberwestrich – Ortsteil von Erkelenz – wird seit 2016 umgesie-
delt – umgesiedelt nach Oberwestrich (neu)
Berverath – Ortsteil von Erkelenz – wird seit 2016 umgesiedelt
– umgesiedelt nach Berverath (neu)

Bei Wikipedia war ja eine lange Liste von Ortschaften erstellt: Liste abgebaggerter Ortschaften. So wurde einem erst bewusst, wie viele Ortschaften schon weg waren. Als der „Dom von Immerath" fiel, man also eine extrem auffällige und schöne Kirche abriss, da waren die Tränen gelaufen wie nie. Birkos Tante, Rildine, die hatte in Immerath gewohnt. Im alten Immerath. Jetzt gab es Immerath (neu). So sollte man es auch stets schreiben: „Immerath (neu)". Die waren doch allesamt verrückt geworden mit dem Abbaggern, dem Zerstören. Und dann das Verbrennen von Kohle, was doch das Klima so sehr ...

Birko brachte den Satz in seinem Hirn nicht zu Ende. Es war alles gesagt, es war alles gedacht. Er konnte das Wort „Klima" schon nicht mehr hören. Aber er war dann immer mal im Wald dabei, wenn sie da rumzogen, rund um Garzweiler, wo noch Wald war. Aber als schlichter Unterstützer, als Sympathisant. Er wäre nie auf einen Baum geklettert, um da eine Bude zu bauen, hoch in der Luft. Wie käme er dazu?

Rinne meldete sich: „Wir müssen aber schon los! Wo ist dein Kostüm?" Er hatte sich etwas Orangefarbenes angezogen und hatte eine Kürbismaske, die er aber in der Tasche trug. Die wollte er erst auf dem 11.-11.-Gelände in der Stadt aufziehen. Je nachdem, ob man beim Feiern FFP2 tragen müsste oder nicht. Denn FFP2 und Kürbismaske zugleich, das wäre ihm zu viel. Das wollte er vermeiden. Rinne nahm das alles viel lockerer. Aber sie musste auch auf Arbeit immer FFP2 tragen, das war ihr schon zur zweiten Haut geworden.

„Frau Klebstein aus der Handergasse ist gestorben. Das weißt du schon? Oha. Virus. Sie ist eine Coronatote." Birko war knallhart.

„Warum sagst du das jetzt? Wir haben Karneval. Und so beginnst du den Tag? Birko! Seitdem du dich von deiner Kessie getrennt hast, bist du immer so negativ drauf. Das erfreut mich gar nicht."

„Oh, das wollte ich nicht. Sorry. Da habe ich gar nicht nachgedacht. 97.198 Tote ist aber eine stattliche Zahl, da muss es ja auch naturgemäß Leute aus unserem Umfeld betreffen."

„Aber Klebstein war immer so freundlich. Sie hatte

Bine und Bodo immer etwas in die Hand gedrückt, eine Süßigkeit da, ein Plätzchen dort."

„Ungesundes Zeug, aber sie meinte es gut. Deine Kinder fanden es toll. Fanden sie toll. Ich weiß."

„Eben!" Rinne war schon geschockt irgendwie. Sie stand noch vor dem Spiegel und machte sich die Augen rundum voll schwarz. Das sah wenig goldfischähnlich aus, aber es machte sie verführerisch. Manko war ihr Ex, ein etwas ruppiger Typ, echter Handwerker, zu 100 % Installateur, auch aus Leidenschaft, im Herzen okay, immer hilfsbereit, der schleppte bei allen Leuten die schwersten Schränke, wenn es zum Umzug kam ... aber er wusste seiner Frau keinerlei Komplimente zu machen. Außerdem trank er zu viel. Rinne hatte sich vor drei Jahren von ihm getrennt und war nun alleinerziehende Mutter ... und berufstätig zudem. Stress war also vorprogrammiert.

„Ich rufe nochmal bei Mama an, wie es den Kindern geht!"

„Aber die sind doch erst seit gestern Abend bei ihr?"

„Trotzdem, trotzdem, das muss sein." Sie rief an, Kinder wohlauf, Handy noch mit genügend Strom für den Tag. Auch das erkannte Rinne bei diesem Tun in aller Schnelle.

Nach dem Bei-Mama-Anruf ging es los. 3. Stock runter, raus aus dem Mietshaus. Sie mit ihrem Goldfischkostüm, ganz golden glitzernd, wie dieser Gary sowieso, der mal Popsänger war. Er in einem orangefarbenen Overall, was man sich zu einem Gesamtkürbis vorstellen sollte, aber er hatte ja auf dem Kopf noch nix.

„2G, was bis du scheeeehhh." So sang Rinne beim Gehen. Man sah auch andere, die kostümiert waren, die ebenso unterwegs waren, die also vielleicht auch in die Bahn gleich steigen würden.

„Unglaubliche 1140, das ist übrigens die 7-Tage-Inzidenz nun im Landkreis Rottal-Inn", sagte Birko, der mal wieder auf sein neuestes Handy geguckt hatte. Die Zahl wieder höher: Bestimmt diesmal von Apple eines. Waren die bei Nummer 16 oder 17? Man musste ja immer das neueste Modell haben.

Ein Polizeiwagen fuhr langsam durch den Stadtteil. Man sprach durch den Lautsprecher. „… Notruf 110 und 112 ausgefallen … bitte melden Sie …" Dann war der Schaden also doch noch nicht behoben. Rinne hörte auf zu singen. „Am Ende ist es ein Virus, der die Notrufe befallen hat. Man stelle sich das vor. Dann müssen die Telefone auch spezielle Masken tragen, damit sie überhaupt noch funktionieren."

Die Witz-Idee von Rinne war gut, zugleich war

es natürlich voll absurd, das alles. Auf einer großen Digital-Werbetafel kam was. Das waren Nachrichten der TELEFROMM. „Draxler muss abreisen. Angeblich kein Corona der Grund."

„Wer ist denn Draxler", fragte Rinne. Birko erklärte ihr, dass dies ein Fußballer sei, Deutschland, weil die doch heute Abend spielen, in Wolfsburg.

„Die spielen an einem 11.11. Ein Länderspiel? Wie schräg kann das denn sein?"

„Karneval ist nicht überall in Deutschland, denke das bloß nicht, Rinne."

„Ich weiß. Wir waren doch mal vor 20 Jahren an einem Rosenmontag in Emden. Da war eher nichts los. Wir konnten es gar nicht verstehen, damals. Dass es einen Ort auf der Welt geben könnte, wo es keinen Karneval gibt."

Sie gingen zur Bahn. Sie waren schon da. Es gab auch andere dort, und die Ersten hatten schon kleine Schnäpse in der Hand. Die Kostüme waren mehr oder weniger originell. Alle hatten sich überlegt, wie man draußen rumstehen konnte, Stunden, und wie es für das Wetter am besten wäre. Overalls aller Art bis hin zum Bärenkostüm.

„Mehr als 50.000 Neuinfektionen binnen 24 Stunden", sagte neben ihr der Mann, der aussah wie aus einem Computerspiel. Seine Frau oder Freundin hatte hingegen ein Teufelskostüm an, war im Gesicht komplett rot. Wie sollte da die Maske dann drauf? Denn um einzusteigen, in die Bahn, würde sie eine FFP2-Maske tragen müssen. Gestern hatte Rinne noch eine Mail von der Tier-Arzt-Praxis bekommen. Man würde sich wieder selbst testen müssen, jeden Tag, und das ab Freitag schon, also ab 12.11., wenn die Praxis wieder aufmachen würde. Nach dem heutigen Karnevalsruhetag.

Rinne würde also immer bei Arbeitsbeginn die Selbsttestprozedur durchführen müssen. Stäbchen in die Nase, rein in die Flüssigkeit, diese vorher aus dem Plastikdings in das Miniröhrchen träufeln. Wie sie das hasste! Aber Frau Klebstein war ja tot. So eine nette Dame!

An der Haltestelle „Briehlsweger" war ein echtes Gedrängel. Sie mussten in die 47 einsteigen, bloß nicht in die 42, denn die fuhr nicht durch. Masken auf, Masken auf, das rief jemand. Einer der Karnevalisten, diesmal einer in Uniform, so was Soldatisches in Grün-Gelb, irgendeine Garde, das waren sechs oder sieben in diesen Farben, darunter eine Frau mit wehendem Weißröckchen zu den grüngelben Farben. Ob die sich mal nicht erkältete!

Sie standen eng an eng. Nicht alle hatten Masken im Gesicht. Man traute sich aber nicht, etwas zu sagen, weil die Leute in Vorfreude „aufgeheizt" waren. Manche schienen auch schon leicht angetrunken. Jede Maskendiskussion hätte nichts weiter gebracht und erbracht ... als Ärger.

Die Bahn fuhr an, und die Leute wurden ein bisschen aneinandergeworfen, von der Kraft der Physik. Die Bahn war so richtig überfüllt, aber jeder Mensch konnte stehen, ohne dass man Atemangst bekam. So schlimm war es doch noch nicht.

Rinne und Birko sprachen jetzt nichts. Dann aber sagte Rinne, ob man sich eigentlich über das Wetter freuen solle. Es sähe ja nicht nach Regen aus, es könne sogar Sonne scheinen. Also kühl, November eben, aber einer mit Sonne.

Birko meinte, kühl sei ein zweischneidiges Wort, wenn alles per se wärmer sei. Natürlich gäbe es auch bei der Klimakrise mal kältere Tage, aber prinzipiell spüre man doch, dass jeder Monat immer wärmer scheine als in den hunderten Jahren davor. Das sagen ja auch die Wetterleute. „Drittwärmster Oktober seit Beginn der Wetteraufzeichnung", solche Sachen. Die höre man doch jeden Tag fast.

In diesem Moment bekam Rinne einen Schlag in den Bauch. Das kam, weil die Kostüm-Piraten angefangen hatten, in der Bahn zu springen. Sie sangen auch etwas von „drunken sailor", und das durch die Masken hindurch. Immerhin: Die hatten alle drei ihre FFP2-Masken an. Sie sahen jünger aus, 20, 21, und sie würden doppelt so feierwütig sein wie die doch nun älteren Jahrgänge der Rinne-Birko-Generation. Rinne war aus dem Jahr 1987, Bruder Birko war Jahrgang 1989.

Nach drei weiteren Haltestellen konnte nun endlich Susi einsteigen, in ihrem weißen Overall, wie ihn auch Leute von der Spurensicherung tragen, im Fernsehen zumindest. Sie war auch gar nicht geschminkt, ganz anders als Rinne. Susi hatte aber auch einen Freund, Achim, sie musste sich nichts herbeiwünschen. Der war sechs Monate im Ausland, irgendeine Art von Weiterbildung on the Job, in Italien. Sie war also partnertechnisch versorgt, wollte dennoch Karneval nicht missen ... und musste optisch nicht extra was tun, um Männern zu gefallen. Sie war eigentlich froh, wenn kein Mann sie ansprach, berührte oder gar Küsse versuchte. Karneval war da immer eine Art „Grenzgang" für die Frauen.

Außerdem war sie vom Typ sehr ausgeglichen, neigte nicht zu Extremen. Sie arbeitete bei der Krankenversicherung GZHZ im Büro, erzählte nie was von der Arbeit, war ansonsten ein toller Mensch mit Witz und vielerlei Interessen. Mit der würde man auch spontan zu einer Strandparty bei Dubrovnik aufbrechen können, im Auto, also einige Stunden nur fahren, fahren, fahren.

Susi trug ihre Maske mit Stolz. Die wachen Augen sah man ja immer noch. Sie drängte sich hindurch, um neben Birko und Rinne zu kommen.

„Habt ihr gehört, Notruf ist weg. In vielen Städten Deutschlands. Ob das mal nicht eine Attacke ist!"

„Du meinst von diesem Herrscher in Belarus?"

„Wieso nicht? Der Putin hilft dem doch. Ein paar Hacker in Russland, und schon ist der Notruf weg. Man hört und liest ja so viel. Birko, du kennst dich aus? Ist das möglich?"

„Alles ist möglich. Netze sind Netze. Du kannst im Prinzip alles angreifen. Datenströme sowieso, aber auch Strom, Verkehr, Gas, alles. Selbst Wasser."

„Herr Scholz kann es doch richten, wenn er an der Macht ist."

„Scholz wirkt gar nicht so aktivistisch. Ich glaube, der greift immer nur ein, wen jemand sagt: ‚Jetzt musst du.' Aber noch ist er ja nicht Kanzler."

„Frau Merkel hat immerzu ein Handy in der Hand. Aber ob die sonst Ahnung von Computern und Netzen hat?!"

In der Bahn wurde nun von vielen das Lied zum Mittrinken angestimmt, man soll einen mittrinken, das Lied von den Bläck Fööss. Eine der vielen Hymnen des Karnevals. Jedes Jahr kamen neue hinzu.

Und dieses Jahr?

„Habt ihr das verfolgt, gab es etwas für die Session?"

„Nein, ich war auch bei keiner Mitsing-Veranstaltung. Da stellen die neue Lieder doch immer vor. Man darf dann abstimmen, was einem am besten gefällt. Aber dieses Jahr? Ich weiß da nix."

„Ich mag Lieder, wo das Wort Zick auftaucht. Das klingt so schön: Zick!"

„Nur weil du keine Rheinländerin bist, Susi. Nur deshalb. Zick ist Zeit und Zeit ist Zick. Und mit Ziege hat es nichts zu tun."

„Ich mag es trotzdem so! Übrigens ist der Karnevalsprinz in Köln auch coronapositiv. Der wird nirgendwo erscheinen. Der hat weder Zick noch Zeit."

Einen Tag vor der offiziellen Karnevals-Eröffnung ist der Prinz im Kölner Dreigestirn positiv auf Corona getestet worden. Das Dreigestirn setzt Auftritte zum Sessionsauftakt aus.

Diese Nachricht schockiert die Kölner Jecken: Der designierte Prinz im Kölner Karneval, Sven Oleff, ist positiv auf das Coronavirus getestet worden - und das unmittelbar vor der Sessi-

onseröffnung am 11.11. Ein routinemäßig durchgeführter Test sei positiv ausgefallen, teilte das Festkomitee Kölner Karneval am Mittwochabend mit.

Am Donnerstag entfallen alle geplanten Veranstaltungen mit dem Dreigestirn. Das jecke Trio habe sich in den vergangenen Wochen mehrfach getroffen, hieß es zur Begründung.

Endlich kam die Bahn am Schabentor an. Direkt neben dem Schabentor gab es den Balschmarkt, wo gefeiert werden sollte. 11.11. Karnevalsbeginn. Einer schrie „Alaaf", aber man sollte wohl eher „Helau" rufen. Immer wieder gab es Städte, wo man sich nicht klar war, was zu rufen wäre.

Susi war richtig glücklich, der Bahn entkommen zu sein. Sie hopste in die Höhe und riss sich die FFP2-Maske vom Gesicht, um dann mit dieser Hand eine Art Wedeln zu beginnen. Das animierte andere, es ebenso zu tun.

So wedelten also bestimmt zwanzig, einundzwanzig Leute mit den Masken. Dabei wurde wieder gesungen.

Drink doch eine met, stell dich nit esu ahn.
Du steihs he de janze Zick eröm.
Häs de och kei Jeld, dat es janz ejal,
drink doch met un kümmer dich nit dröm.

25

Den Leserinnen und Leser sei mitzuteilen, dass der Name der Stadt unbekannt ist. Sie hat 200.000 Einwohner, oder auch 250.000, ist aber nicht Köln. Dennoch sind es besonders die Bands aus Köln, die ihr Liedgut in den rheinischen Karnevalsraum „aussprühen".

Warum Susi in diesem Moment so extra ausgelassen war, schien unklar. Sollte es die Meldung von den ausgefallenen Notrufen gewesen sein, die sie so beflügelte? Der gelungene Start von Maurer ins All? Die Tatsache, dass die Zahlen um Corona so dramatisch anstiegen? Das Faktum, dass Jogi Löw, Bundestrainer, heute würde offiziell verabschiedet werden, vom DFB, in Wolfsburg, und dass viele Fußballpromis extra dafür angereist waren bzw noch würden? Aber Susi hatte doch mit Fußball nichts am Hut.

Sie gingen nicht weit zum Blaschmarkt, wo die Proklamation von Willi III. und Ivonne I. stattfinden sollte, ein klassisches Prinzenpaar. Die waren letztes Jahr schon dran, durften aber weitermachen, weil es doch letztes Jahr nichts war, mit alledem. Und so ein Prinzenpaar will die ganzen Versammlungen und Aufzüge ja auch genießen. Wenn man schon mal glückselig in diese Position hineingerutscht war.

Birko, Rinne und Susi sahen nun die ganzen Absperrungen. Es gab Schilder mit 2G. Also durften nur Genesene und Geimpfte rein. Um die Impfung nachzuweisen, mussten sie diese App auf dem Smartphone haben, wo dieser QR-Code dann erschien. Rinne hatte extra einen Art Säckchen dabei, wo sie das Handy hineingleiten lassen konnte. Birko hatte seines in einer Reißverschlusstasche am orangefarbenen Overall. Susi wiederum zauberte das Gerät irgendwie oben aus dem Pullover, den sie unter dem weißen Overall trug, hervor. Also: Es würde bei ihnen nicht daran scheitern, dass sie nichts dabei hatten, um die Impfung nachzuweisen, die zweifache, alle drei mit Biontech, und sie sprachen ja nun vom „boostern", wobei die Impfzentren aufgelöst waren, ein großes Chaos.

Susi berichtete von einem Gedicht, was sie gefunden hatte, ja, als Kommentar zu ihrem Krankenversicherungsblog. (Susi schrieb immer als „Schreibtischlein", was so alles Seltsames in den Büros einer Krankenkasse passieren konnte. 860 Follower, immerhin. Aber Blogs waren out. Bilder und Videos zählten. Bilder gingen eben schneller, gerade wenn das Medium so klein war, wie es Smartphones gegenüber Laptops oder Tischcomputern nun mal sind.)

Ihr hatte es besonders dieses „Letzte Weinung" aus der letzten Zeile des Textes angetan.

IMPFOMANIE, ABER WIE?
– Großes Konzert des gegenteiligen Äußerungsdurcheinanders –

Ethikrataha Achtung Falle Fülle (Stille)
Lehrerverbandzudem mehr oder weniger
Intensivärztetätä Gefahr da aber ja (Laute)
Hausärztewieso bald jetzt nie immerda
Impfkommission pass auf nimm das (Frust)
Gesundheitsministerhaha Maske an ab ach
Kassenärztetatü Filter hoch Fälle Kelle Koller
Krankenhaushollaho Gesetze weg hin (Angst)
Koch-Institut-Wumm-Wumm es stei-steig-steigt
Ministerpräsidententinnententinnen Chaos-K.o.
Marburger Bund tut kund ja dies (und das wie solch)
Fachärzteklimbim Warnungen Tod Tat Sarg Sorge
WHO Jodeliho lasset den Notfall nimmermehr kommen
Wir zu aus weg Kopf Covid Sand (Letzte Weinung)

KLAUSENS, 30.10.2021, 9:03 Uhr bis 9:05 Uhr MESZ und 9:15 Uhr bis 9:24 Uhr MESZ

Gehend vernahmen also Rinne und Birko die Idee

einer „letzten Weinung". Anlass: Covid-19. Da sie vom Katholischen kamen, war ihnen die „letzte Ölung" als Begriff vertraut. Birko hatte als Kind immer gefragt, weshalb man Salatöl auf Sterbende gießt, zumal dann das ganze Bett ölig wäre. Die Eltern mussten ihm dann erklären, dass es etwas anderes mit der Ölung gemeint sei. Eher Salbe.

Plötzlich tauchte jemand vor ihnen auf, stand im Weg, machte Gesten. Der Mensch war in einem Parka und trug auf dem Hut ein Hütchen, was an den Musiker Johannes Oerding erinnerte. Oerding, der nun auch bei The Voice of Germany 2021 mitmachte, zusammen mit Mark Forster, Nico Santos und Sarah Connor. In der Jury.

„Ich bin Mike, ihr kennt mich", sagte er den drei Menschen ins Gesicht. Im Hintergrund die Polizeiwagen. Absperrungen. Beginnender Karneval.

Aber sie kannten ihn nicht. Oder lag es an dem Hütchen? Verdeckte das so viel?

Der Mensch Mike führte weiter aus: „Ich weiß, was ihr macht. Ich weiß, was ihr tut. Ich weiß, wer ihr seid. Denn ich verfolge eure Smartphones schon einige Zeit, für den Sender. Und jetzt gebe ich mich zu erkennen."

Nun hatte man auch den Eindruck, dass halblinks eine Kamera war, die das alles filmte.

„Wenn ihr nichts dagegen habt, nehmen wir was auf. Okay?"

Und schon waren die drei Menschenkinder überrumpelt. Sie hatten ja schon allerlei gehört, sie wussten auch, wie man Menschen anhand ihrer Postings erkennen und entlarven kann. Aber das war immer nur berichtet worden, jetzt sollten sie selber die Opfer sein. Dazu Birko, der doch als Informatiker vom Fach schien, der auch immer so vorsichtig in allem war. Den auch?

„Wir haben heute Karneval, da wollen wir nicht wissen, was wir alles mal gepostet haben", sagte Susi. Ja, sie betrieb einen Blog, hatte aber auch mit einer Serie auf TikTok begonnen, weil sie merkte, dass sie mit dem Blog nie und nimmer hohe Klickzahlen bekäme.

„Und der Kohleausstieg bis 2023, was ist damit?" So meldete sich Birko. Irgendwie schien es fast so, als wolle er von dem Film-Thema ablenken.

„Du meinst, dass man es vorzieht, wie es Herr Wüst ja fast schon als sicher verkündet hat?"

„Wisst ihr das auch? Ihr Filmleute?"

„Dass du rund um Erkelenz oft bist? Deine Garzweiler-Affinität? Sicher wissen wir das, Birko!"

„Meinen Namen kennt ihr auch?"

„Sicher kennen wir den, Birko. Und dass du nicht

mehr mit Kessie zusammen bist, und dass es dir gar nicht viel auszumachen scheint."

„Wow, da wisst ihr ja doch einiges."

„Dass Rinne und du Geschwister seid, das wissen wir auch. Und wie ihr zu Susi steht, das zudem."

Die Kamera schien jetzt voll und fett zu laufen.

„Wird das gesendet?", fragte Susi „Wann, wo?"

„Wir sind LIVE, das wird gestreamt. Kennt ihr Twitch schon? Da ist eigentlich für Gamer, aber da streamen auch viele andere. Auch anderes. Und wir."

„Schön, schön, dann sind wir also live, also öffentlich, und keiner hat uns gefragt! Ich hasse solche Medien."

„Aber ich habe doch eben gefragt. Wir können natürlich nicht warten, bis ihr antwortet. So geht es ja nicht! Zeit ist Geld. Und Bild TV macht vielen Konkurrenz. Die sind sehr oft irgendwo live. Da müssen wir doch nachziehen."

„Schon mal was von Persönlichkeitsrecht gehört?" Susi kannte sich offenbar aus, zumindest war ihr ein Schlagwort vertraut.

„Ja, sicher, aber ihr müsstet uns verklagen. Bis ihr dazu gekommen seid, haben wir das ja alles schon gesendet. Es ist dann in der Welt. Es wird zudem Monate dauern, dass von der Plattform wieder runterzubekommen. Live ist das eine, nachher anklicken und dann gucken, ist das andere."

„Mike, so heißt du doch. Du meinst jetzt nicht, dass Twitch gut ist, während YouTube böse ist. Oder?" Auch da wusste jemand einen Namen. Neu.

„Diese Kategorien spielen für einen echten Journalismus des Zeitgeistes keine Rolle. Wir wollen authentisch sein, das ist so wichtig Alles andere interessiert nicht. Ihr habt eure Daten ja auch so freizügig in die Welt gesetzt, von Rinnes Facebook-Account habe ich die ganze Familie geholt, Fotos um Fotos ja auch. Was wollt ihr also jetzt viel protestieren. Mitgefangen seid ihr, weil ihr genauso eine Art von Tätern seid wie wir."

Das war schon ein seltsamer Karnevalsauftakt. Inmitten lärmender Menschen, die hinter die Absperrung wollten, mit ihren 2G-Nachweisen, wurden sie live gefilmt, befragt ... und Karneval schien aktuell so weit. Dazu dieses kleine Hütchen von Mike, sein einziges Utensil. Das konnte jemanden wirklich bedrücken.

Rinne guckte, ob hier nicht wieder so eine Videoleinwand von der TELEFROMM irgendwo wäre, wo die Bilder dann eventuell ausgestrahlt würden. Also nicht nur im Netz, sondern auch hier selbst. (Sie hoffte immer noch, dass es etwas wie eine Show mit versteckter Kamera wäre. Hernach würde Mike sein Hütchen abnehmen, man würde ihn als Promi erkennen, einen wie Guido Cantz, man würde sich umarmen. So etwas.)

Außerdem war seit gestern wieder „TV total" am Start, nach über fünf Jahren Pause, mit dem neuen Sebastian Pufpaff als Moderator. (Wie sehr zog der Stefan Raab noch die Strippe? War er noch voll involviert in die Sendung? Unklar.) Die würden doch auch Material für die nächste Sendung benutzen wollen. Aber unklar blieb, ob man sich dann würde freuen können. Denn die bei TV total, die konnten normale Leute in die Öffentlichkeit ziehen, und sich dann über die lustig machen. Die hatten doch von „Wetten, dass..?" am Samstag zwei Gesichter aus dem Publikum genommen und diese als die zwei Frauen von Abba (angeblich voll witzig) der Welt vorgeführt. Nein, Geschmack hat auch Grenzen. Früher war es zumindest mal so.

Rinne kümmerte sich um Tiere. Hier aber ging es um Menschen. Konnte es sein, dass die Medien Menschen schlechter behandelten als Tiere? Konnte man auf der Welt überhaupt noch etwas schlechter behandeln als Tiere? Die, die man millionenfach vernutzt? Tötet? Für die Nahrung? Und dann holen andere streunende Hunde aus Rumänien, päppeln die in Deutschland wieder auf. Das war ja alles so widersprüchlich auf der Welt. Hier töten, dort retten. Tiere. Und konnte es nicht sein, dass die Tierretter (die mit den Hunden aus Rumänien) dann abends selber Fleisch von gequälten Tieren aus den bösen Tierfabriken und Bauernhöfen aßen? War die Welt nicht so voll lächerlich und abscheulich widersprüchlich?

Auf der TELEFROMM-Anzeige war erst nichts. Da kam nun eine Karnevalistin mit buntem Schal. Nun gut. Die wurde befragt und sagte etwas. Ja, die Leinwand war aber jetzt schön da. Das auch, hier auf dem Balschmarkt. Zugleich waren Rinne und Birko und Susi von solchen Ausstrahlungen hier auf dem Markt schon mal verschont. Denn es kam ja die Frau.

„Was soll das alles nun werden?", fragte Birko jenen Mike.

„Wir wollen bei euch sein, mit euch sein. Er zeigte auf die Frau, die die Kamera hielt. Nanni und ich sind heute eure Schatten, wenn wir das so können. Wenn ihr nicht wollt, haben wir Pech. Aber wir bleiben dann dennoch eure Schatten. Es wäre also für alle leichter, ihr würdet ein lautes Ja sagen."

„Aber wenn ich euch mal etwas attackiere? Wie die Querdenkerleute? Bei Demos. Wenn die Kameraleute attackieren, und das Gerät zertreten bzw. zertreten wollen? Wie wäre das?"

Birko drohte also.

„Das wäre verdammt uncool, denn wir haben auch noch zwei Sicherheitsleute."

Er zeigte auf zwei Polizisten nahe der Absperrung, diese rot-weißen Stellgitter.

„Aber das sind doch Polizisten!"

„Wer sagt euch das? Polizisten sind heute oft eben keine Polizisten. Sie könne bei dir klingeln, und sagen sie wären welche, aber dann haben sie nur die Uniformen an. Schon mal was von Verkleiden gehört? Karneval? Und eben auch außerhalb von Karneval? Na?!"

Dieser Mike war verdammt clever, das musste man ihm lassen.

Rinne überlegte derweil, was sie alles so gepostet hatte und was der Mike alles hätte wissen können. Sicher, Birko hatte immer gewarnt. Aber diese neue Welt der Bilder und Filmchen, die man posten und wieder posten konnte, die war doch zu verlockend gewesen. Und schien es immer noch. Rinne war gar nicht abgeneigt, ihrerseits diese Szenerie um Mike und Kamerafrau Nanni mit ihrem Smartphone abzufilmen und irgendwohin zu streamen. Sie kannte sich mit Twitch nicht aus, aber bei Facebook gab es doch auch so etwas. leider hatte sie es noch nie ausprobiert. Außer Skype nutze sie da nichts.

Mike setzte nun nach:„Birko, wir wissen auch dass du nicht in Glasgow bist und also nicht bei COP26 protestierst. Du bist ja nicht da, sondern hier. Greta wird dich vermissen!"

„Aber ich bin doch kein Aktivist im klassisch-radikalen Sinne. Ich laufe mal in und um Erkelenz. Na bitte. Garzweiler und Co. Na, wenn schon? Das können alle wissen!"

„Auch dass du als Kürbis verkleidet zum Karneval gehst?"

Birko überlegte, ob er nicht sein Kürbisoberteil nun über den Kopf ziehe sollte, dann wäre er vor der Kamera schon mal geschützt. Rinne hatte jedenfalls ihr Fischgesicht an. Und sie war ein wirklich gutaussehender Goldfisch, den man zugleich immer noch als Frau erkannte. Durch die großen, nahezu schwarzen Augen war sie attraktiv. Hatte Mike vielleicht alles nur so gesagt und wollte sich an Rinne ranmachen? Er wusste wohl, dass sie alleinerziehend ist, zwei Kinder hat, aber eben auch gerne einen Partner hätte. Birko verwarf es dann wieder. War Jogi Löw vielleicht auch allein? Wäre das nicht ideal: Jogi und Rinne? Ach nein, der

Altersunterschied war dann doch zu groß. Außerdem fand Rinne Fußball per se blöd.

Birko wusste jetzt noch nicht, ob er abends das Spiel im Fernseher würde verfolgen können. Karneval uferte doch meist aus. Und das würde in der Maskenzeit kaum anders sein. Sagte er sich mal.

Lahm, Kroos, Müller und Schweinsteiger. Özil. Khedira. Mustafi und Boateng. Vielfalt statt Einfalt. Leichtigkeit statt Verbissenheit. Ästhetik statt Härte. Die Erfolge seines Teams haben weit mehr verändert als nur den Rumpel-Fußball vergangener Tage.

So schrieb ein zur Löw-Milde aufrufender Martin Roschitz beim NDR im Kommentar. Und Spieler der Art wie Per Mertesacker, Sami Khedira und Lukas Podolski sollen heute Abend, ja, am Donnerstag 11.11., für Löw etwas wie ein Spalier stehen. Haben die DFB-ler den 11.11. extra ausgewählt? Symbolisch? Oder haben die Karneval schlicht vergessen? Frankfurt ist aber Hessen, also Karneval. Wolfsburg ist da vielleicht etwas abgestrickt. Aber Karneval haben die auch. Zudem: Der Umzug im nahen Braunschweig gilt doch als verdammt groß! Kommt auch immer im Fernsehen. Also: das Datum 11.11. und der Offizial-Endgültig-Abschied von Löw (nach dem realen Spielabschied vom Juni). Das hat etwas für sich.

Susi sagte, man werde doch nun langsam mal ins Areal hineinmüssen. Wenn Mike und seine Kamerafrau Nanni mitkommen wollten, bitteschön. 2G würden sie bestimmt haben, wenn sie heute so offensiv auftreten. Denn wer filmen will, muss auch 2G haben. Und dann noch die Masken, die FFP2. Aber das gehört ja zum Standard.

Susi dachte auch, ob sie einen Mike vielleicht nicht doch kennen könnte. Das Gesicht war nicht unbekannt. Sicher, er war rasiert. Aber das Gesicht spricht ja auch noch durch die Bartstoppeln. Seine Augen waren fast wie schwarz, die Haare auch. Könnte es sein, dass der Mike einer aus Syrien war? Der nun einwanderte, irgendwie. Der sich dann ein akzentfreies Deutsch beibrachte und nun voll integriert als Medienmensch durch die Welt eilt? Vielleicht wollte sich Mike nun an allen den Deutschen rächen, die ihn anfangs nicht für voll nahmen. Wobei er doch jetzt 100 % Deutsch ist, mit allem Drum und Dran. Natürlich mit einer Migrationsvorgeschichte. Aber wie konnte man die jemals loswerden? Dazu musste man eben stehen. Das haben die Bergleute ja auch gemacht. Die vielen

-owkis aus dem Ruhrgebiet. Eingewandert, und Teil geworden, eingegangen in die Masse namens „Ruhrgebiet", wo die Menschen so nett zueinander halten, füreinander sorgen. Ach, das herrliche Ruhrgebiet. Für die war Karneval weniger wichtig als für die im Rheinland hier.

Oben sah man Kuckelkorn, bei der Infotafel der TELEFROMM. Im Bild.

In Köln gilt an Karneval die 3Gplus-Regel. ... Karneval trotz Corona: Karnevalspräsident Christoph Kuckelkorn rechnet mit normaler Saison ...

So hatte man von ihm noch vor 6 Tagen was lesen können, aber heute war der 11.11., wir sind 6 Tage weiter. Die Zahlen sind so gigantisch hoch. Corona, immer wieder Corona. Bis die Intensivbetten zusammenbrechen. Wir stehen kurz davor. Die Politiker aber schwanken hin und her, Spahn grinst breit, man werde die Impfzentren auflösen, ein paar Tage später will er plötzlich impfen, impfen, impfen. Dieses große Chaos um alles da. Bund, Länder, Kreise, Ämter. Nirgendwo ein ständiger Ausschuss, übergreifend, für ganz Deutschland, der alles in und um die Pandemie debattiert, plant, überlegt. Es gibt eine Stiko und woanders eine Ethikkommission, dort dann die MPK der Ministerpräsidentinnen und -ten, aber das Verbundene fehlt. Die Pandemiekenner reden sich den Mund wuselig, aber niemand will ihnen zuhören, bis die Fakten plötzlich rasant hoch sind, dann sind wieder alle plötzlich irgendwie aktiv. Nein, die Bewältigung der Coronakrise, da kann man an der Politik gerne mal verzweifeln.

Sie mussten nun anstehen. Es werden 100 Menschen gewesen sein, die da eine lange Schlange bildeten. Würde man sie kontrollieren? Wie gut überhaupt? Susi hatte bei der Beerdigung ihrer Oma auch das Smartphone zeigen müssen, vor einer Woche. Aber man hatte dazu noch den Personalausweis sehen wollen, ja, vor dem Eingang zur Trauerhalle auf dem Friedhof. Und der Mann hatte sich den Personalausweis angeguckt. Er hat aber nicht auf die App geklickt, um zu gucken, wann welche Impfung überhaupt war. Man kann ja da klicken. Auch noch. Anklicken also.

Rinne sorgte sich wegen Mike und Nanni. Dauerspione an der Seite, okay, aber sie fand es auch ein bisschen schön, im Mittelpunkt zu sein. Vielleicht nicht auf der großen Videowand hier am Balschmarkt, aber vielleicht doch mal in einem Stream bei Twitch. Wie viele Zusehende mochte es da gerade geben? Wer war Mike überhaupt. Wollte er Zuseher haben, dann musste er ja auch bekannt sein. Denn, wieso sollte ich jemandem bei seinem Livestream zugucken, wenn ich den nicht kenne? Das galt es auch noch zu bedenken. Dass Nanni Nanni hieß, fand sie auch noch gut, das passte zu ihrer eigenen Jugend mit den Pferden. Und: Ja, sie hatte die Bücher gelesen. Und sie würde diese Bücher und Filme allesamt auch Tochter Bine vorspielen, wäre sie endlich 11 oder 12 und ginge zum Reiten. (Wie aber sollte sie das finanzieren?) Bine würde es lieben, die Pferde, Hanni, Nanni, ja … alles.

Der Sicherheitsdienst wirkte mürrisch. Dabei war es heute trocken. Wahrscheinlich war das Kontrollieren von 2G eine sehr anstrengende Aufgabe. Und genau deshalb war es auch keine angenehme Tätigkeit. Bislang hatte auch niemand darüber berichtet, wie es diesen Leuten erging, wo sie doch mit so vielen Menschen so nah aneinanderkamen.

Von der Bühne kam die Musik aus den Lautsprechern. Es sollte also wirklich bis 11:11 Uhr gewartet werden, ganz präzise, ganz genau.

Susi kam durch.

Rinne kam durch.

Birko kam durch.

Das Problem entstand bei Nanni. Weniger wegen

ihres G2-Nachweises auf dem Smartphone, sondern mehr wegen dieser Kamera. Es war zwar eine ausgewiesen kleine, aber immerhin ... eine Kamera. Offenbar hatte Nanni noch einen Ausweis, der auf ihr Tun für die Medien verwies. Sollte das eine Art von Presseausweis gewesen sein?

Susi sah davon nichts. Der eine Mensch von dem Sicherheitsdienst, er schien größer als zwei Meter, der rief seinen Chef noch an. Offenbar gab er ihm etwas durch, bekam danach aber eine Art von „okay", sodass Nanni hineindurfte. Susi und Birko warteten auf Nanni, so als ob sie zu dem Freundeskreis gehören würde. Rinne mochte das aber gar nicht. So weit mussten die Dinge ja nicht gehen.

Dann kam auch noch Mike durch die Schleuse. Sie befanden sich also alle fünf nun innerhalb des Zaunareals. Das musste ja auch einmal betont werden. Es gab ein Innen und es gab ein Außen. Die draußen liefen vielleicht völlig ungeimpft daher. Die Innen aber sollten und mussten 2G haben. Schön.

Rinne aber zog Susi zu sich: „Das heißt alles gar nichts. Es sollen viele gefälschte Ausweise und zugleich auch viele gefälschte digitale Daten im Umlauf sein. Haben da nicht welche die Schlüssel geknackt? Du kannst dir also eine App holen, da ist ein ‚geimpft'-QR-Code drin, und dann bist du sicher, also safe. Nanni und Mike können also durchaus gefälschte Digitalsachen auf dem Phone haben."

„Aber, Rinne, was soll das? Glaubst du, es macht Sinn, sich jetzt noch um das Impfen zu sorgen. Wo wir mitten in der Kein-Abstand-Scheiße sitzen? Wer Karneval feiert, hat seine Probleme: mit 1G, mit 2G, mit 3G, mit allen Gs ... immer."

„Diesen Karneval 2021 habe ich mir aber redlich verdient, Susi. Das lasse ich mir von niemandem kaputtmachen."

Mike trat hinzu, Nanni filmte, blieb aber wie immer etwas zurück.

„So, ihr beiden, jetzt müsstet ihr aber mal langsam etwas aus eurem Leben erzählen."

„Wieso? Was soll es da zu erzählen geben?"

„Susi, vielleicht prüfen wir mal, wie es bei deiner Arbeit auf der Krankenkasse, also bei der Versicherung da, ist."

„Dann wäre Mike der große Prüfer. Und was berechtigt dich dazu?"

„Heutzutage ist das nicht mehr nötig. Jeder kann jeden filmen, es gibt die Geräte dazu. So einfach ist das. Ich erinnere an die Dash-Cams beim Auto."

„Alles wird auch gesendet? Sind wir live?"

„Von der Idee sind wir die ganze Zeit auf Sendung. Wieso fragst du? Das war doch immer dein Wunsch gewesen. Deine Sehnsucht. Endlich ins Fernsehen."

Susi hatte sich mal als Statistin beworben, das stimmt. Mike schien davon zu wissen. Sie wurde auch genommen, musste aber elf Stunden in einem schweren Kostüm rumstehen. Ein Mittelalterfilm. Aufs Klo durfte man nur alle vier Stunden. Das war richtig dramatisch gewesen. Eine der Frauen hatte in das Kleid hineingepinkelt, zwei der Männer in ihren Frack, oder wie das Ding hieß.

Darauf spielte Mike nun an?

„Du meinst meine Statisterei? Letztes Jahr? Der Mittelalterfilm von Spenzie?"

„Darauf zielte ich ab."

Es war aber gar nicht klar, ob Mike wirklich abzielte oder einfach nur wild in ihrer Vergangenheit rumgebohrt hatte, ohne genau Kenntnisse.

Birko bekam diese Szene aus einiger Entfernung mit, 10 Meter vielleicht. Der Platz innerhalb der Absperrung, wo die Bühne auch stand, war noch nicht vollkommen gefüllt. Man konnte also gut noch da und dort etwas Abstand halten. Außerdem sollten Gassen freigehalten werden, dass man auf die Toilette käme. Kleine Trinkstände gab es auch. Die Leute hatten keinerlei Flaschen mitnehmen dürfen und sollten nun hier viel konsumieren, also bei den Ständen Essen und Trinken einkaufen. Schließlich wollen alle Menschen irgendwie leben und überleben. Aber dieser Gedanke schien nicht so neu.

Mike wechselte nun die Strategie und tat sich als jemand hervor, der von der Filmhochschule sei. Ja, aus Köln. Sicher. In Köln sei es immer so voll. Er wolle einen Film drehen, über Karneval, und dann bräuchte er noch die Handlung. Das sei alles im Entwickeln.

„Und dafür muss ich herhalten?", sagte Susi.

„Du bist doch eine so tolle Bloggerin. Du bist doch immer mit den kuriosen Sachen bei der Krankenkasse und so befasst. Dann muss es dir doch möglich sein, da etwas zu erfinden."

„Aber du bist doch der Filmemacher!"

„Sicher, aber mein erster Film läuft jetzt, live, über das Werden eines Filmes. Danach kommt der Film selber, aber den drehe ich nicht heute. Dafür nehme ich dann noch Material von heute."

Nanni rief von weiter weg. „Frag sie, ob sie sich nicht vorstellen könnte, die Hauptrolle zu übernehmen."

Susi fragte, worum es denn gehen solle.

Mike sagte. „Es geht ums Impfen, um 2G, um Karneval, um Nähe und Ferne, etwas Liebe dabei, dazu die Verunsicherung des Volkes. Das Böse. Wir leben in Zeiten von Corona. Alles das ist bedeutsam."

„Etwas Liebe? Ich habe einen Freund, der ist in Italien. Das solltest du aber wissen, wenn du dich so gut informiert hast."

„Aber Karneval hat andere Regeln. Man tritt etwas über die Grundlinie, nur etwas, ist ja noch kein Fremdgehen."

„Aber das hatte immer mit Bützchen angefangen, als Küsslein und Küsschen. Bei Corona wollen wir das ja nicht wirklich, oder? Den Virensprung?"

„Wenn die Leute richtig betrunken sind, wird auch das losgehen, glaube mir, Susi. Nie hatten wir eine so hohe Inzidenz, nie so viele Tagesfälle, nie so viele Tote. Und was meinst du, wie es nach dem 11.11. sein wird? Glaubst du, es sinkt? Nein, natürlich wird es noch weiter und noch weiter hochgehen. Wie auf dem Schachbrett: 64 Felder, und dann 2 und 4 und 8 und 16 und 32 und 64, mach das mal weiter, sehr schnell bist du bei Millionen und Trillionen und so."

Mike hatte kein Mikrofon in der Hand, sondern eines am Kragen. Es war klein und kaum sichtbar.

Susi fiel es jetzt auf. Sie hörte Musik von Brings, einer Band, ja, da war etwas mit Zick zu hören.

Mike musste also immer nah an die Menschen heran, damit das Mikrofon die Töne der Stimmen auch gut reinbekäme. Das war natürlich ganz anders, als man es sich in Zeiten von Corona wünschen würde. Aber so war es nun mal. Offenbar lautete die Devise: Wir stecken uns sowieso an. Und morgen wird sich die Zahl sowieso verdoppelt haben. Und: Die Intensivbetten fallen sowieso aus, weil es bald keine mehr gibt.

Demnach wäre der 11.11. ein wunderbar „freier" Tag. Weil es eine große Katastrophe geben müsste, und diese unabwendbar sei, müsste man auch nicht innehalten, gar nicht. Sondern feiern wie am letzten Tag.

Rinne trat hinzu. „Ich höre wieder von der Zick, die Leute fangen an zu tanzen und zu singen."

Susi meinte. „Schön, aber mir vergeht gerade alles. Ich habe den Eindruck, dass wir in eine Doppel-Schlimm-Pandemie steuern, ich hab es nur verdrängt."

Auf dem Werbebildschirm der TELEFROMM liefen Spots. Also Werbung. Impfspots gab es keine. Rinne hätte sich so gerne mal eine volle Dröhnung Impfspots gewünscht, über Wochen, dauernd, auf jedem Sender. Aber es blieb viel zu wenig. Man tat fast nichts.

Außerdem hätte sie mit dem Flugzeug alles Mögliche abgeworfen, in allen Sprachen. Denn das Problem war doch wohl so. Viele Menschen leben in ihrer Blase. Durch die sozialen Medien soll sich diese Idee ja so verdammt sehr verstärkt haben. Dies bedeutet dann: Ich höre und sehe nur noch, was ich will. Denn ich bewege mich nur noch digital unter Menschen meiner Manier. Alle anderen klicke ich weg, habe sie gar nicht als „Freunde", will mit denen nichts zu schaffen haben.

Ausländische Communitys neigen zudem dazu, sich nur noch in ihrem Sprachbereich zu bewegen. Türken mit Türken. Chinesen mit Chinesen, Venezolaner mit Venezolanern usw. Wenn also nicht einer in deiner Blase aufs Impfen verweist, dann bekommen alle nichts davon mit. Blasenwissen. Blasenunwissen.

Rinne empfand sich nun doch als recht weise. Leider hatte ihr noch niemand zugehört. Die ganze Impfaufklärung müsste viel besser laufen. Das konnte nicht so sein, wie wenn Menschen nach ihrer Katze suchen. Das kannte sie tausendfach aus der Tierarztpraxis. Da liefen die Leute dann mit Zetteln und DIN-A4-Blättern die Bäume und Supermärkte ab, und klebten etwas mit Tesafilm wohin. So konnte man aber nicht Millionen in Deutschland zum Impfen treiben. Nie und Nimmer.

Sie hielt sich jetzt den Oberarm. Die Impfstelle tat plötzlich weh. Wieso nur?

Birko versuchte nun, Susi und Rinne an sich ranzuziehen, damit sie alle drei auf das Zick-Lied würden hopsen können. Denn schließlich war heute Karneval, man sehnte 11:11 Uhr herbei, um völlig ausflippen zu können. Rinne musste morgen in die Tierarztpraxis, aber Susi und Birko hätten auch morgen arbeitsfrei. Ja, da musste man auch mal Urlaub einbringen, um ein ganzes Wochenende, also vier Tage, feiern zu können.

Susi fühlte sich immer öfter angefasst. Es war nicht klar, ob das eine sexuelle Intention war oder einfach Lebensfreude. Immerhin musste eine NRW-Ministerpräsidentin gehen, letztlich war das der Hauptgrund, weil es in Köln in einer Silvesternacht zu so schrecklichen Vergehen und Übergriffen gegen Frauen gekommen war. Auf der Domplatte und drumherum, irgendwie am Bahnhof. Wer wusste heute noch davon? Und doch wird überall etwas getan gegen männliche Gewalt, die Dinge sind lange nicht am Ende. Vielleicht fangen sie erst richtig an.

„Alles hät sing Zick", lautet das Kölner Motto. 2021. Ach ja, in Köln müsste man sein. Rinne seufzte.

Aber hier war es ja auch ganz schön. Man bewegte sich, es kamen Lieder mit dem Wort Zick. Birko hatte drei Bier für drei geholt. Rinne trank auch davon. Man konnte also hoffen, dass sich Karneval noch munter entwickelte. Solange man nicht auf der Videowand da oben zu sehen wäre ...

Susi sah ihren Blick und meinte: „Es wird noch wie im Fußballstadion, wo die doch immer so schwenken und Gesichter einfangen. Das passiert dir heute auch. Aber du hast ja deine Goldfischmaske auf. Das wird schon gutgehen."

„Stimmt ja", so schrie Rinne. Es galt für die Videowand und für den filmenden Mike. Was immer Mike wusste, bislang hatte man sie nur mit Goldfischgesicht gefilmt. Bei Susi und Birko sah es anders aus, aber die waren ja eigenständige Menschen. Sie selber filmte immer mal verstohlen Nanni und Mike, streamte das aber nicht live, da sie gar nicht genau wusste, wie das bei Facebook ging. Immerhin hätte sie dann für später noch Aufnahmen anderer Art, für alle Fälle, zu aller Sicherheit. Schließlich könnte es ja zu einem Prozess gegen Mike kommen, dann müsste sie Beweise abliefern. Es könnte aber auch sein, dass fremde Personen sie hier auf dem Balschmarkt unsittlich berühren, die Nähe ausnutzen, solche Dinge. Auch dann brauchte sie Beweismaterial.

So also standen Susi und Birko und Rinne zu dritt, zugleich aber waren da Mike und Nanni. Von den Zahlen her ein klares 3 zu 2. Nicht auszuschließen war allerdings, dass sich die eine oder andere Gruppe noch verstärken würde. Jenseits von allem Tanzen. Denn der Platz war nun einmal der zentrale Platz der Stadt, die leider nicht Köln war, aber doch schon recht groß. Jeder, der heute Karneval im 2G-Modus begehen wollte, würde doch zu diesem Balschplatz fahren wollen. Keine Frage. Es könnte sein, dass Susi Kollegen und Kolleginnen von der Krankenversicherung träfe, Rinne vielleicht die wilde Hilde von der Tierarztpraxis und Birko irgendwelche Mit-Programmierer von Connect Events Digital.

Es liefen weitere Karnevalslieder aus den Lautsprechern. Noch war nichts live, weil man es ganz genau halten wollte, um erst um 11:11 Uhr zu beginnen. In Köln ging es immer viel früher los, mit der Live-Musik. Aber hier war man penibel, hier war man genau. Erst aus den Boxen vom Band, also doch eher als mp3 von der Festplatte. Aber ab 11:11 Uhr die Eröffnung und dann live die Musik von den „Bressern" oder „Schöppschen" oder „Blue Birtels", es gab da so einiges, was richtig abging.

Susi sagte, sie würde den Sänger von den „Frischen Galoppierern" kennen, einen Didi Schaaf, aber der hätte Corona und würde heute nicht auftreten. Die Band solle aber kommen, man wüsste nur noch nicht, wer der Sänger wäre. Sie schaute sogar, ob sie von dem Didi eine Mail oder irgendeinen Kontakt hätte, um dem ein Bild zusenden. Vielleicht via WhatsApp. Irgendwie. Aber sie fand nichts. So nah stand sie dem Didi dann doch nicht.

Rinne drehte sich immer wieder um und guckte, ob sie die wilde Hilde von der Praxis entdecken könnte. Dem war aber nicht so. Außerdem wurde sie ja nicht erkannt, denn von der Goldfischverkleidung hatte sie niemandem erzählt, außer ihren Kindern und der eigenen Mutter natürlich.

Birko meinte, seine Programmier-Kollegen würden doch bestimmt eher nach Köln fahren, auch wenn sie nicht auf den Heumarkt-Innenbereich kämen, da gäbe es doch bestimmt Überfüllungs-Vorschriften, aber im Umfeld irgendeine Kneipe, das musste doch gehen. Er hätte sich denen anschließen können, aber das wäre ihm zu voll geworden, in Köln. Da musste man immer von Überfülle ausgehen.

So standen sie also herum, nippten am Bier,

beobachteten Mike, der gar nichts sagte, schauten zu Nanni, die weiterfilmte, und alle drei hatten irgendwie keine rechte Karnevalsstimmung.

Das stellte sich allmählich heraus. Sie bewegten sich zur Musik, aber sangen nie richtig mit. Das war sehr ungewöhnlich. Es kam niemand hinzu, sie wurden mal angefasst, aber nie in eine größere Gruppe hineingezogen. Sie blieben zu dritt, mehr und mehr für sich, aber immer unter Beobachtung des kleinen Mike-Nanni-Filmteams.

Birko sagte, in den Kliniken sind sie wieder am Limit. Susi sagte, ja, das werde wieder eine schwere Zeit. Rinne sagte, ihre Kinder sprächen nur noch von der lauten Lüftung in der Schule. Birko sagte, es wäre doch schön, dass es überhaupt eine Lüftung gäbe. Susi sagte, man könne nirgendwo mehr hingehen. Susi sagte zudem, aber sie seien doch jetzt hier. Birko sagte, ja, aber richtig gut gelaunt sind wir nicht. Manne und Sanne seien auch nicht gekommen.

Das stimmt: Manne und Sanne hatten gestern noch gesimst, sie würden heute nicht kommen. Das wäre ihnen alles zu unsicher, das ginge ihnen alles zu schnell.

Auch Stina und Jörg hatten kommen wollen, dann nicht kommen wollen, dann endlich abgesagt.

Nicht zu vergessen: Irene, Hartwig, Blassia und Nemrod. Niemand war gekommen. Es hieß, sie würden lieber zuhause bleiben, mal das Fernsehen beim WDR einschalten, gucken, was in Köln im Nebel so los ist ... und das war es dann auch. Das Schlimmste wäre, wenn es nun wieder zu einem Lockdown käme, dann könnten sich Tausende doch ins Grab legen, denn noch einmal könnte man das alles nicht überstehen.

Birko sprach nun von den tragischen Dingen an der Ahr, und auch andernorts, aber das war dann ein Zusatzproblem zum Ganzen. Das plötzliche Hochwasser vom Starkregen hatte nichts mit Corona zu tun gehabt, sondern verwies auf die Klimakrise.

Man rempelte Birko nun an. Der mit dem hohen Hut sagte, er solle mit dem blöden Gequatsche aufhören. Man war hier, um Karneval zu feiern – und nicht um die Toten an der Ahr zu beklagen. Alles zu seiner Zeit. Susi sagte, sie müssten sich jetzt bald an das Feiergehabe anpassen, sonst bekäme man Schwierigkeiten mit der großen Masse. Das ginge dann schwer, mit dem Feiern. Einmal raus, immer raus.

Das Feiern schien sowieso nicht leicht. Der Platz war nun dicht gefüllt, wenige Wege waren halbwegs frei, aber es war schon eine Stimmung, die auf Enge und Massen von Menschen verwies. Mike meinte, es schiene so, als wollten sich die drei Schützlinge nun lieber wegbewegen. Ob er da richtig läge. Die drei nickten, ohne es zu wollen.

Mike sagte, man könne auch hier weggehen und sich frei durch die Stadt bewegen. Für seinen Film wäre das sowieso leichter, besonders weil Nanni sich dann freier mit der Kamera bewegen würde. Es sei doch ziemlich voll nun geworden.

Birko, Rinne und Susis schauten sich an, nickten sich zu, entschieden dann, wirklich von hier wegzugehen. Dieser Karneval war in diesem Jahr nicht für sie geschaffen. Im letzten Jahr ja auch nicht, aber da lag alles still. In diesem Jahr ging es scheinbar, man durfte auf die Plätze, aber der jähe Anstieg der Zahlen in den letzten Tagen hatte ihnen doch gehörig die Laune verdorben.

Also gingen sie aus dem Areal raus. Dazu mussten sie auch keinen Impfcode auf dem Smartphone zeigen, rausgehen klappte ziemlich gut.

Sie wussten aber nicht, wohin sie sich nun wenden sollten.

Mike kannte eine Fabriketage in einem 1. Stock, wo man Kaffee trinken könne und anderen Leuten dann bei der Arbeit zusähe. Das wäre so ein Coworkingspace, wo man sich einen Schreibtisch mietet, um mit vielen anderen zusammenzuarbeiten. Dann hätte man es warm, und doch könnte Nanni alles weiter filmen und streamen.

Susi wandte ein, was denn an der Sache aufregend sein soll, aus der Sicht der Leute, die sich das alles ansehen sollten. Das ginge doch nicht!

Nanni erwiderte, man solle sich keine Sorgen um ihren und Mikes Stream machen. Sie hätten das alles im Griff. Die Zahl der Zuseher sei gar nicht wichtig, solange man live sei und alle wissen könnten, wo sich die Fünfergruppe gerade befinde.

Rinne dachte nun, die Dinge lägen nicht gut. Die ganze Sache kam ihr nicht so ganz geheuer vor. Also rief sie schnell die Mutter an, ob es den beiden Kindern bei ihr gut ginge. Diese lachte laut auf und fragte stattdessen, wie denn der Karneval am Balschplatz sei.

Rinne musste ihr nun sagen, dass man da weg sei, weil es irgendwie nicht die richtige Stimmung gewesen wäre. Die Mutter war irgendwie enttäuscht. Dann hätte sie ja selber hingehen können, und Rinne hätte dafür mit den Kindern zuhause bleiben sollen.

Rinne nahm diesen Faden auf, sagte dann: „Ich

habe aber einen Mann kennengelernt." Das war eine reine Schutzbehauptung, bezog sich aber auf Mike. Denn der war ja ein Mann. Und der gefiel ihr auch, ja, wenn sie es ohne die Reporter-Film-Attitüde betrachtete, war Mike ein attraktiver Mann, bei all den dunklen Stoppeln.

Susi hatte das mitgehört und rief laut. „Ja, Rinne hat einen Mann kennengelernt!"

Das versöhnte die Mutter, sie konnte also weiter die beiden Rinne-Kinder Bine und Bodo beaufsichtigen. Es hatte also doch alles seinen Sinn am Ende.

Mike spielte nun auf die Goldfischmaske an. Wenn man hier so schön in der Fabriketage säße, fernab von Karneval, dann könnte es Sinn machen, dass Rinne diese Maske nun abnähme. Außerdem werde in der Etage gearbeitet, nicht gefeiert. Da wäre so eine Maske wohl ziemlich falsch am Platz.

Rinne ließ sich überzeugen. Außerdem sollte Mike ihr schönes Gesicht sehen, mit den schwarzen Augen, alles Schminke, sah aber feurig aus. Und dann würde er sie vielleicht ganz gut finden, trotz der Kinder, die sie als Ballast hatte.

Von denen wusste Mike nichts.

Ach nein, von denen wusste Mike ja doch, weil er so viel von allen und allem wusste.

Sie zog also den Goldfischschutz runter vom Gesicht. In diesem Moment wurde ihr aber klar, dass nun ihr freies und reines Gesicht auch gefilmt werden würde. Denn FFP2-Masken hatte hier niemand auf, in diesem Coworking-Dings, warum auch immer.

Also kannte nun alle Welt, die bei Twitch mitguckte, nun das Gesicht jener Frau, die wir als Rinne kennen. Denn sie hieß eigentlich anders, weil sie irgendwie adoptiert worden war. Dazu wollte sie mal eine Sendung bei RTL oder Sat1 anfragen, dass die mit ihr nach der wahren Mutter suchen. Dazu war es aber nie gekommen. Bislang.

Sie argwöhnte nun, dass Mike von so einer Suche-Sendung war, und von ihrem inneren Wunsch wusste, dass sie die wahre Mutter finden wollte. Dann wäre die Mutter, die jetzt bei ihren Kindern saß, die falsche, also die Adoptivmutter. Und Birko? War der nicht ihr Bruder? Halb nur?

Nie hatte man alles das wirklich geklärt. Birko meinte immer, er sei leiblich. Damit wäre die Sache auch durch. Nur Rinne litt immer an der Adoptivschaft oder wie man es nannte.

Also schaute sie Mike und die filmende Nanni nun anders an, sagte aber nichts zu Susi und Birko. Susi hatte fünfmal einen Kaffee organisiert. Man war also bei den Getränken von drei auf fünf gekommen.

Rinne dachte mehr und mehr, die ganze Situation sei nicht so richtig echt, weil sich doch viele von den Freuden heute abgemeldet hatten. Zugleich hatten Birko und Susi sich jeweils freigenommen, auf Arbeit. Das kam ihr alles gar nicht mehr karnevalsnatürlich vor. Sondern befremdlich. Früher waren die doch am 11.11. nur dann dabei gewesen, wenn der auf einen Sonntag oder auf einen Samstag fiel.

Sie spielte aber mit, und so kam es, dass Mike sie interviewen wollte. „Wir können doch mal anfangen, als du jung warst, Rinne. Die Sache mit dem Namen Rinne überspringen wir. Das will niemand hören."

So aber erweckte er den Anschein, als wolle überhaupt jemand was von Rinne und ihrem Leben hören. Dabei war sie nicht in einem Weidenkorb durch die Welt getrieben, nein, nein. Sie war ordentlich aufgewachsen.

Die Mutter, also die Zweitmutter, Mama, hatte immer von jener berühmten Klappe im Krankenhaus gesprochen. Bei Birko hingegen sagte sie dazu nichts.

Demnach wäre sie voll adoptiert, ein Klappenkind. Warum auch nicht?! Aus der Klappe in die

Familie. Mama war gut gewesen, und der Zweit-papa bis zu seinem Tod ja auch. Krebs hatte der gehabt. Krebs haben so viele. Coronatote sind oft Krebstote und umgekehrt. Das eine trifft auf das andere. Dann machen sie zu, diese Körper. Verfallen. Können sich nicht wehren. Der Tod.

Mike sagte, sie wäre immer so sehr am Überlegen: Das würde dem Film nicht dienlich sein, auch nicht dem Film, den er nachher schneiden wolle, nach dem Streaming also, in den Wochen danach.

Birko trank teilnahmslos seinen Kaffee und starrte Menschen an, die mit einem Laptop real und wirklich an diesen Coworking-Tischen saßen und etwas zu arbeiten schienen. Man sprach ja immerzu von Microjobs. Sollte es sich um so etwas handeln? Da kann man auch in Thailand sitzen, oder an einem anderen Strand, so heißt es immer, und dann kann man das alles abarbeiten. Also Urlaub mit etwas Arbeit. Das Paradies in voller Fülle.

Vor dem Hintergrund des gesetzlich festgeschriebenen Stundenlohns sehen die Kritiker von Microjob-Portalen eine neue, digitale Form der Ausbeutung. Doch eine stundenweise Vergütung findet ohnehin nicht statt, vielmehr erhält der Microjobber für jeden erledigten Auftrag zwischen 1 Cent und wenigen Euro. Einige Jobs sind in Minuten oder gar Sekunden erledigt.

Andere können durchaus eine oder mehrere Stunden in An-
spruch nehmen.

Der ebenfalls für diese Art von Jobs gebräuchliche Begriff
Clickworker beschreibt ganz gut, worum es in den meisten Fäl-
len geht: Mit einigen wenigen Klicks oder Fingertipps erfüllt der
Microjobber kleine Aufgaben, die er sich per App zuteilen lässt
und ...

Birko wusste, wie unsicher sich Rinne so oft gefühlt hatte. Er wusste auch um den Namen Rinne. Das war eine Kurzform von „verrinne", weil der Pastor immer von „Es verrinne die Zeit" gesprochen hatte, noch vor der Taufe. Immer hatte er von Zeit und vom Verrinnen gesprochen. Wahrscheinlich war er auch Karneval dann unter dem Wort „Zick" unterwegs, dieser Pastor.

Das Ganze führte zu dem Namen „Rinne", den das Standesamt irgendwann auch akzeptiert hatte. Niemand aber durfte hernach der Rinne sagen, dass ihr Namenswort von „verrinnen" käme. Das war dann auch der Zweitmama bewusst. Aber da war es schon zu spät und die Namensgebung des Klappenkindes vollzogen.

Birko dachte, dass Rinne einfach unter dieser Lage des Ungewissen so leiden müsste. Dass es also für sie schön sein müsse, endlich die wahre

Mama zu finden. Vielleicht auch den wahren Papa. Aber Klappenkinder waren oft von alleinstehenden Frauen dort abgelegt worden, weil der Mann sich nach einer Nacht sehr bald aus dem Sichtfeld begab. Einen solchen Vater zu finden, das wäre wohl schwierig. Vielleicht saß der nachher als Ex-Soldat irgendwo in den USA. Oder als Bauer irgendwo in Frankreich. Oder als Pizzabäcker irgendwo in Italien. Oder als Klischee irgendwo in Klischenien. Man weiß es ja nie.

Susi wollte nun auch etwas sprechen, aber ihr gefiel die Stimmung nicht. Sie stand auf, ging zu Nanni hin und verdeckte die Kamera. „Hört es denn nie auf?!", sagte sie dann. Da war schon etwas Drohendes in allem, aber nicht allzu viel. Nanni sagte, sie solle sich nicht so haben. Sie solle vielmehr froh sein, dem ganzen Karnevalsmurks entsprungen zu sein und hier nun in so einer kreativen Atmosphäre sitzen zu dürfen.

Ihr Job bei der Krankenversicherung sei ja wohl nicht mit den Leuten hier zu vergleichen. Alles Kreative, keine Kassenabgestumpftheit.

Susi erklärte dann, es gäbe doch ihren Blog. Mit Videos sei sie nun auch aktiv geworden.

Nanni aber meinte: „Deine Bildsprache kannst du dir an den Hintern stecken. Oder an deine Goldfischmaske. Du glaubst doch nicht, dass es schon ein Film ist, wenn man ein Smartphone als Kamera halten kann und Filmchen produziert. So einfach ist es dann doch nicht!"

„Aber wie denn dann?!"

„Da macht man eine Ausbildung, geht an eine Hochschule, die Film anbietet. So. Aber Smartphone-Videos verhöhnen unsere ganze Branche."

„Es soll aber Leute geben, die genau so berühmt geworden sind".

„Ja, mag sein. Leute wie dieser Rezo mit seiner CDU-Kritik. Dieser YouTuber. Der soll aber auch an Corona erkrankt sein."

„Keine Sorge: Mit geht's eigentlich wieder ein ganzes Stück besser", teilte er mit. „Ich war in meinem erwachsenen Leben noch nie so krank gewesen und bin froh, dass ich geimpft bin." Rezo geht davon aus, dass die Infektion ihn deutlich stärker getroffen hätte, wäre er nicht geimpft. Nun will er sich noch einige Tage schonen.

Was hat das eine mit dem anderen zu tun, dachte Susi. Oder ist nun alles mit Corona zusätzlich verseucht? Könnte das die Lösung sein? Die Farbe ist abgeblättert, aber mit Corona blättert sie doppelt so viel ab? Das Radio findet die Sender nicht immer trennscharf, aber mit Corona ist es das endgültige AUS vom Radiohören? Das Essen ist versalzen, aber mit Corona schmeckt man gar nichts mehr. Dann ist die Kategorie des Versalzenseins endgültig verschwunden. So?

Gestern hatte Drosten mal wieder seinen Podcast, auch da wurde Corona zur großen Gefahr. Sie ist es schon, sie wird es mehr und mehr. Diese Gefahr ist aber am 11.11. bereits eine Hypergefahr:

Der Virologe Christian Drosten erwartet in der Corona-Pandemie „einen sehr anstrengenden Winter" und hält auch neue Kontaktbeschränkungen für denkbar. Sollte es beim Impfen keinen Fortschritt geben, müsse sich Deutschland auf mindestens 100.000 weitere Corona-Tote vorbereiten, „bevor sich das Fahrwasser beruhigt", sagte Drosten im NDR-Podcast „Das Coronavirus-Update".

Susi war etwas mulmig zumute. Sie konnte aber den Kaffee noch schmecken. Immerhin. Sie berichtete jener Nanni, die filmte und filmte und filmte, von diesem Schauspieler, der so schwer gegen Corona kämpfen musste. Der hat 3 Wochen im Koma sogar gelegen, das war im Frühjahr 2021.

„Als ich am 5. April aufwachte, erfuhr ich, dass mein Vater am

gleichen Tag an den Folgen von Covid-19 in Köln gestorben ist."
Er habe Mitte März seine Eltern besucht. „Ich bemerkte dort
schon Symptome. Als ich nach Berlin zurückkehrte, hatte ich
Schüttelfrost und vierzig Grad Fieber." Ein Krankenwagen habe
ihn schließlich in eine Klinik gebracht. Sein Zustand habe sich
so sehr verschlechtert, dass er drei Wochen ins künstliche Koma
versetzt worden sei. „Ich musste beatmet werden. Es stand bei
mir Spitz auf Knopf, ob ich durchkomme."

„Tja, Susi, das stimmt. Die Sachen sind bisweilen
sehr bitter, man darf Corona nicht unterschätzen.
Zugleich möchte ich darauf aufmerksam machen,
dass wir hier alle sitzen, ohne Masken, was im Üb-
rigen für das Filmprojekt viel besser ist. Diese ganzen Dokus und Serien mit Masken. Da will doch niemand mehr eine Wiederholung sehen, einfach aus
optischen Gründen. Und wo du heute so schwarze
Augen zusammengeschminkt hast, Typ Vamp, ist
das Filmen umso schöner."

Susi protestierte. „Du verwechselst mich mit
Goldfisch-Rinne. Ich habe einfach nur verdammt
schlecht geschlafen. Da bekommt man sehr dunkle
Augenringe. Aber vielleicht musst du deine Kamera
erst einmal sauber scharfstellen, du tolle Superfil-
merin ... mit echter Ausbildung."

„Sie debattieren ja, ob der Arbeitgeber den Status abfragen darf. Das stelle ich mir richtig süß vor, wie du da mit deinen Augenringen ankommst, und der oder die Vorgesetzte fragen dann, wie dein Impfstatus ist. Du musst es denen sagen. So soll es kommen. Was willst du denen sagen, mit solchen Ringen?! Da wird doch jeder denken, Corona habe dich längst erwischt!"

„Deine Phantasien muss man haben. Du wünschst uns allen offenbar nur das Allerschlimmste. Grauslich und gemein, so finde ich dich."

Diese Gespräche waren nicht wirklich inspirierend. Aber was sollte man auch erwarten. Bei all diesen Karnevalsflüchtlingen, denen Corona auf den seelischen Magen geschlagen hatte. Leider war das so. Aber man konnte sich ja auch nicht einfach wegducken. Die Zahlen waren ja. Diese Impfstationschließer, die nun wieder alles öffnen wollten, das war eine Spezies für sich. Die waren aber meist irgendwo Entscheidungsträger. Unsere Romanmenschen waren wohl nicht an höchster Position im Staate, zumindest ist uns davon im Rahmen dieser Romanovelle noch nichts bekannt geworden.

Mike sprach nun über Fjodor Michailowitsch Dostojewski. Heute sei sein 200. Geburtstag, nach unserem (gregorianischen) Kalender ist der Tag ein 11.11.

* 11. November 1821 in Moskau; † 9. Februar 1881 in Sankt Petersburg)[1] gilt als einer der bedeutendsten russischen Schriftsteller. Seine schriftstellerische Laufbahn begann 1844; die Hauptwerke, darunter Schuld und Sühne, Der Idiot, Die Dämonen und Die Brüder Karamasow, entstanden in den 1860er und 1870er Jahren. Dostojewski schrieb neun Romane, zahlreiche Novellen und Erzählungen und ein umfangreiches Korpus an nichtfiktionalen Texten.

Mit einem Aha meldete sich Birko. „So steht das ganze Filmprojekt der Mike-Nanni-Truppe in einem ganz anderen Licht. Ihr sucht das Böse wohl in ganz normalen Menschen. Dazu habt ihr euch aus Gründen, die ich nicht kenne, die Besetzung Susi, Rinne, Birko ausgesucht. Aha."

Mike, der seinen Kaffee längst ausgetrunken hatte, erläuterte: „Dostojewski liegt über uns allen, denn wer ist frei von Schuld? Und sei es nur, dass man über Kollegen herzieht, ohne dass diese es ahnen. Dass man über diese Menschen hetzt, mit denen man am nächsten Tag zusammensitzen soll. Das Böse ist überall, und gerade da, wo die Menschen so tun, als seien sie so anständig und täten alles nur aus Hilfsbereitschaft. Insofern seid ihr bei diesem Filmteam wundervoll aufgehoben."

Das brachte Birko wieder zum Verstummen. Der Tag und die Lage des Tages, das schien ausweglos. Dostojewski war ja lange genug im Straflager gewesen, um das Schlimme am Menschen bei den ganzen Schlimmen zu studieren, um dann aber auch wieder Gutes bei den Bösesten zu finden. So widersprüchlich sei doch der Mensch.

Susi nahm den Gedanken so auf. „Diese ganze Coronasache macht es auch deutlich, dieses ewige Hin und Her. Heute halten sie einen Meter achtzig Abstand von dir, oder gar zwei Meter, aber morgen schon beugen sie sich über dich und bringen dir das Virus ein, ganz ahnungslos, so ganz nebenbei. Es sind diese schwachen Menschen, die mich anekeln. Aber ein jeder von uns ist es dann ja auch selbst. Dazu zählen auch die, die den Abstand immer einhalten, egal wie hoch die Inzidenzwerte sind, egal, was gerade so geplaudert wird, über alles da."

Birko wollte den Fall Süle beim DFB-Team einbringen, Corona, Abreise, die Kimmich-Impfsache, alles das, aber das würde die Frauen nicht interessieren. Bei Nanni wusste er nicht, ob die eventuell eine Affinität zum 1. FC Köln hat. Aber bei Susi und Rinne war er sich sicher, dass Fußball so gut wie kein Thema war. (Ausnahme: besonders attraktive Spieler, dann fielen auch mal Namen. Aber sonst nicht.)

Mike war als Person hingegen vollkommen offen, für Birko. Ob der sich für Fußball interessierte? Völlig ungewiss. Ob der sich für alles interessierte? Völlig offen. Kunst, Kultur, Sport, Boulevard, dazu Naturwandern? Völlig offen. Hatte der 17 Apps oder 56 Apps auf seinem Gerät? Völlig offen. Schlug der beim Tennis mit der Linken oder der Rechten auf? Spielte der überhaupt Tennis? Völlig offen.

Susi hätte gerne mal wieder diese große Videotafel der TELEFROMM gesehen, einfach so, wegen der Neuigkeiten, gerade zum Virus. Aber hier in der Fabriketage war kein Blick auf so ein Dings möglich. Zum Balschmarkt wollte auch niemand zurück, das schien klar. Zugleich wusste aber niemand, wo man sich nun lassen sollte. Diese Filmaufnahmen hatten jetzt doch das Interesse von Susi, Birko und Rinne erweckt. Zumindest waren sie derart „angefixt", dass sie nicht einfach weggehen konnten.

Zudem. Es fehlten die Alternativen. An so einem Tag, wo sollte man sonst hin? Es war noch vor Mittag, da wäre es schon schwer, ein Kino zu finden, es sei denn, man ginge in so einen Superpalast mit 26 Sälen. Davon aber gab es in dieser Stadt nur einen. Auch hier galt: Man musst erst einmal wissen, welche Coronaregeln zählen und gelten. Am 9.11.2021 war mal wieder was in einem Auktionshaus gewesen, diese Kunstversteigerungen. Die hatten es so aufgeschrieben, auf der Homepage.

Wichtiger aktueller Hinweis
Bitte beachten Sie, dass aufgrund der derzeit aktuellen Bestimmungen zum Schutz von Kunden und Mitarbeitern für das Mitbieten im Saal ein 2,5 G Nachweis (geimpft, genesen, PCR-Test nicht älter als 48 Stunden) und das Tragen einer FFP2-Maske erforderlich ist. Informieren Sie sich bitte laufend vor der Auktion auf unserer Website über die aktuellen Bestimmungen zum Mitbieten im Saal. Selbstverständlich können Sie auch per schriftlichem Kaufauftrag oder telefonisch mitbieten. Nützen Sie vor allem die Möglichkeit, ganz unkompliziert per Live Bidding von Zuhause oder unterwegs mitzubieten und die Auktion zu verfolgen!

Mike sagte nun laut: „Und ich zitiere zudem mal ein Stück aus der Anlage ‚Hygiene- und Infektionsschutzregeln *zur CoronaSchVO NRW*', Stand 1.10.2021. Ob die Anlage so noch gilt?" Er hatte sich tatsächlich einen Laptop gegriffen, der offen dastand und lief. Von wem immer das Gerät war.

II. Hygieneregeln zum Betrieb von Angeboten und Einrichtungen

1. Verbindliche Regeln

Von Angeboten und Einrichtungen, die für Kunden- oder Besu-cherverkehre geöffnet

sind, sind folgende Hygieneanforderungen verpflichtend um-zusetzen:

Sicherzustellen sind

a) die Bereitstellung einer ausreichenden Anzahl von Gelegen-heiten zum Händewaschen beziehungsweise zur Händehygie-ne, insbesondere in Eingangsbereichen von gastronomischen Einrichtungen,

b) die regelmäßige infektionsschutzgerechte Reinigung aller Kontaktflächen und Sanitärbereiche in Intervallen, die den besonderen Anforderungen des Infektionsschutzes Rechnung tragen,

c) die infektionsschutzgerechte Reinigung von körpernah ein-gesetzten Gegenständen oder Werkzeugen nach jedem Gast-/Kundenkontakt,

d) das Spülen des den Kundinnen und Kunden zur Verfügung gestellten Geschirrs bei mindestens 60 Grad Celsius, sofern eine Reinigung von Gläsern im Geschirrspüler oder in Gläserspül-maschinen bei 60 Grad Celsius oder höherer Temperatur nicht möglich ist, soll möglichst heißes Wasser mit einer Tempera-tur von mindestens 45 Grad Celsius mit Spülmittel verwendet werden; bei der Verwendung von kälterem Wasser ist in be-sonderem Maße auf eine ausreichende Menge des Spülmit-tels, längere Verweildauer der Gläser im Spülbecken sowie eine

sorgfältige mechanische Reinigung und anschließende Trock-
nung der Gläser zu achten; die Tenside beziehungsweise Spül-
mittel müssen geeignet sein, die Virusoberfläche zu beschädi-
gen und das Virus zu inaktivieren,

e) das Waschen von gebrauchten Textilien und ähnlichem bei
mindestens 60 Grad Celsius, wobei insbesondere Handtücher,
Bademäntel und Bettwäsche nach jedem Gast- beziehungs-
weise Kundenkontakt zu wechseln und ansonsten Einmal-
handtücher zu verwenden sind, und

f) gut sichtbare und verständliche Informationen zum infekti-
onsschutzgerechten Verhalten durch Informationstafeln oder
ähnliches.

Sollten sie hier jemanden fragen? Aber dann würden sie nur auf sich aufmerksam machen, zusätzlich
aufmerksam machen. Nachher müssten sie plötzlich Masken tragen. Dann wäre dieser Kaffeehalt
beendet, denn mit Maske vor dem Gesicht konnte
man auch gleich nach draußen gehen.

Rinne fragte an, ob sie noch einmal die Mutter
wegen des Wohlergehens ihrer Kinder anrufen
solle oder ob es irgendwie weiterginge. Vielleicht
habe das Filmteam sich ja mal ein paar Gedanken
gemacht, was aus diesem Karnevalstag und all dem
Dostojewski-Bösen noch werden könne.

Mike sprach: „Ich sage es mal so. Die Menschen

aus eurem Umfeld gucken euch an und tun so, als wären sie verständnisvoll, mit fühlend und alles das. Zugleich aber ist da noch etwas, was mitschwingt. In eurer Gutgläubigkeit und Naivität wollt ihr es aber nicht sehen. Also lasst ihr euch einlullen, und schon kann es passiert sein."

Susi meinte: „Könnte es nicht sein, dass du und Nanni die Einluller seid? Dann wäre der Film genau so einer. Ihr lullt uns ein, wir lassen uns einlullen und nachher kommt der große Schrecken."

Mike sagte nun: „Immerhin habt ihr schon mal zugestimmt, dass wir euch filmen und live streamen dürfen: Das war doch ein großer Schritt, würde ich meinen."

Birko mengte sich ein: „Dann ist also alles so geplant gewesen. Wir haben mitgemacht, euer Ziel wurde erreicht. Die wissenschaftliche Studie gilt nun als wahr." Er hatte sich selber auf eine Idee gebracht. „Es ist also Wissenschaft, und wir sind die Experimentieraffen. So ist es also."

Nanni, die stets filmte und filmte, und immer etwas weiter weg war, meinte nur: „Das könnte den Anschein haben. Aber wenn man ein Experiment zu früh verrät, ist es schon vorbei, bevor es begonnen hat. Was immer wir sagen, was immer ihr denkt, es spielt alles keine Rolle, weil wir einfach weitermachen. Immer weitermachen."

Sie fügte hinzu:„Und Bundestag ist heute ja auch, 2. Sitzung des neuen Bundestages. Sie diskutieren bestimmt schon heftig, auch über die mögliche neue Ampelkoalition und was die zu Corona nun vorhat."

11. November 2021 (2. Sitzung)

Zwischen den Fraktionen besteht kein Einvernehmen über die Tagesordnung der 2. Sitzung
Uhrzeit TOP Thema Status/ Abstimmung **

09:00
Sitzungseröffnung
Details einblenden
09:05
Antrag zur Tagesordnung
Tagesordnung beschlossen
09:10
1
Einsetzung von Ausschüssen, Stellenanteile der Fraktionen, Zeitplan 2022
Details einblenden
09:40
2

Wahl der Mitglieder des Wahlprüfungsausschusses

Wahlvorschlag 20/22 angenommen

09:40

3

Infektionsschutzgesetz, Impfpassfälschung

Details einblenden

11:10

4

Ordnung, Steuerung und Begrenzung von Migration

Details einblenden

12:05

5

Unionsrechtliche Vorgaben im Umsatzsteuerrecht

Überweisung 20/12 angenommen

12:40

6

Energieversorgung, Energiewende

läuft

13:15

7, ZP 1

Heizkosten

13:55

8

Überweisung im vereinfachten Verfahren

14:00

ZP 2

Aktuelle Stunde - Klimagipfel in Glasgow
15:05
Sitzungsende

**) Die amtlichen Ergebnisse finden Sie im Amtlichen Protokoll sowie im Plenarprotokoll der jeweiligen Sitzung am nächsten Werktag.

Rinne aber meinte: „Die einen sind noch da, sie führen die Geschäfte, sie sind aber irgendwie doch weg. Innerlich planen sie den Abschied, äußerlich handeln sie noch. Die anderen aber wollen den Thron besteigen, müssen aber erst noch den Koalitionsvertrag zusammenbasteln. So sieht es doch aus! Und die verraten jetzt alle Corona-Opfer bzw. Corona-Bald-Opfer, weil an allen Ecken nur noch halb gehandelt wird."

Wenn man Rinne so ansah, hatte nichts mehr was mit Karneval zu tun. Eine angespannte Stimmung in einer Fabriketage, während von fern her mal ein Wort wie „Zick" in die Etage schallte, denn der Blaschmarkt war nicht sehr weit entfernt. Die Sonne schien durchgekommen, und das war alles andere als gut, weil die Sonne die Menschen auf diese Feste lockte. Mehr Menschen, mehr Virus.

Birko erwähnte den Hang zu Messerstechereien,

zum Beispiel in der Düsseldorfer Altstadt. Die Menschen stehen mehr den je „unter Strom", sie irren durch die Welt, wissen nicht, wo sie sich lassen sollen, und schon passiert es da und dort.

Mike sprach von diesen Autofahrern, die in Menschengruppen landen, dabei kommt es wieder und wieder zu Opfern, oft auch zu Toten. Das habe auch deutlich zugenommen. Oder bilde man sich das alles nur ein, weil mehr und mehr berichtet werde? Immer schneller? Immer wilder? Dazu diese Hashtags auf Twitter. Verdächtigungen würden geäußert, fast schon bevor eine Tat geschehen sei. Es werde nichts mehr aufgeklärt, die Menschen wollen es zumindest oft nicht, weil dieses Beschimpfen und Verwünschungen-Ausstoßen offenbar so viel Freude bereitet. Allen Lebenshass dauernd und immerwährend auszustoßen, das sei doch der Zeitgeist. Fratzenmenschen ziehen durch Sachsen.

Da hatte Mike sich schwer vorgewagt. Rinne würde gleich von den geschundenen Tieren anfangen, das war gewiss. Denn die geschundenen Tiere standen bei ihr gleich mit geschundenen Menschen, wo immer diese in einer Fußgängergruppe angefahren werden.

„Liebe Menschen am Tisch, wir sind selber nun auf einem blöden Gleis, würde ich sagen. Diese ganze

77

Geheimnistuerei von Mike und Nanni führt ja fast zwangsmäßig dazu, dass auch wir uns in ein Eskalieren begeben. Merkt ihr das nicht?" Susi sprach also mehr zu Birko und Rinne. „Man zieht uns hier live in das Böse hinein – das am 200. Tag der Geburt von Fjodor. Das wird doch kein Zufall sein. Man sieht dabei auch, wie sich bei uns die Schleusen öffnen. Da gibt es je kein Halten mehr! Nichts!"

Birko war aber aufgestanden, um mal wieder Kaffee zu holen. Bald müsste auch mal jemand kommen, der dieses Coworking-Projekt verantwortet. Denn da saßen fünf Menschen am Tisch, eine Kamera lief ... und diese fünf waren noch nie hier gewesen. Oder am Ende dann doch? Birko? Mit seiner Computerfirma, oder einzelnen Kollegen? Aber die hatten ja Räume? Oder nicht? Saß am Ende Birko immer hier? War das sein Arbeitsplatz? Susi war angeblich bei der Krankenkasse, aber niemand hatte sie dort je besucht. Rinne galt als sicher, mit ihrer Tierarztpraxis. Da gab es kein Vertun. Mike und Nanni als Filmende? Sollten die eventuell öfters hier gewesen sein?

Egal, wie man diese Fragen auch beantwortete, es gab da keinerlei Ausweg. Es musste mal jemand kommen, von der Leitung dieser Coworking-Etage. Kam aber keiner, musste jemand von den fünf

Menschen hier mit denen zusammenarbeiten. Vielleicht war Mike einer der Betreiber. Denn er hatte den Ort doch vorgeschlagen, um dem Karneval zu entkommen.

Außerdem, das bemerkte nun Susi, es lief ja hier auch ein Bildschirm. Wieso hatte sie den vorher nicht gesehen? Solche Bildschirme gab es doch oft, da lief dann gerne ntv oder CNN. Sodass Redakteure und Redakteurinnen hochgucken können, und immer wissen, was gerade passiert, in der Welt. Oder was angeblich und vermeintlich passiert in der Welt. So sah Rinne nun mal wieder die Grenze zwischen Polen und Belarus, es gab keinen Ton. Sie musste sich nur dahin drehen, wohin Susi guckte. Und schon gab es Menschen an der Grenze zweier Länder. Menschen in Kälte, Menschen, die man benutzte, für die Politik. Auch in der Politik gab es viele böse Kräfte. Ja, böse Kräfte!

Dann schaltete sie um auf den Mann in Bayern, bei ntv, der schien eine Pressekonferenz zu geben. Der will nun flächendeckend G2 für ganz Deutschland, noch besser: G2+, dann muss man was vorlegen und dennoch zusätzlich live einen Schnelltest machen. Da war die Pandemie schneller als der Alltag. Söder, Bayern, Deutschland, Welt.

Die Dinge schienen sich zu überschlagen. Und

hatte nicht Scholz gesagt, heute noch im Bundestag, es würde nun kommende Woche doch zu einem Zusammentreffen von Berlin und den Bundesländern kommen, wegen der Pandemie? Und das war alles, während Söder nun höchste Alarmattacke fährt?

„Also, liebe Leute, ich finde es schade, dass ihr jetzt dauernd auf den Bildschirm starrt. Wir können derzeit sowieso nichts ändern. Wir können gucken, okay, wir können denken, aber Corona läuft ganz ohne uns weiter. Wir könnten unsere FFP2-Masken auftun, da wir fünf aber heute schon eng zusammen waren, scheint das im Nachhinein doch ziemlich sinnlos. Dann können wir es gleich lassen. Von den Coworking-Menschen hat auch noch niemand eingefordert, dass wir diese Masken aufsetzen. Also lassen wir es doch!"

„Wir könnte doch mal auf den Ticker gucken!" Rinne starrte nun auf das Smartphone, nicht mehr auf den großen Bildschirm. Überall gab es Neues. Ticker brachten immer Neues, man hatte Angst, man bekam Angst.

+++ 13:24 Seehofer sagt seine Termine ab +++
Vor dem Hintergrund der steigenden Zahl von Infizierten will Bundesinnenminister Horst Seehofer vorerst keine Termine mit

vielen Menschen mehr wahrnehmen. Ministeriumssprecher Steve Alter sagt auf Anfrage, der Minister habe schweren Herzens ein ursprünglich für kommenden Dienstag in Hanau geplantes Treffen mit Hinterbliebenen des rassistischen Terroranschlags vom Februar 2020 abgesagt. Auch zur Herbsttagung des Bundeskriminalamtes (BKA) am Mittwoch in Wiesbaden werde er nicht reisen. An der Tagung dürfen nur Geimpfte und Genesene teilnehmen.

+++ 13:04 Lockdown für Ungeimpfte rückt in Österreich näher +++
In Österreich rückt ein Lockdown für Ungeimpfte näher. „Jetzt schon ist klar, dass dieser Winter und Weihnachten für die Ungeimpften ungemütlich wird", sagt Kanzler Alexander Schallenberg in Bregenz. Es sei angesichts der Dynamik der vierten Corona-Welle möglicherweise nur noch eine Frage von wenigen Tagen, bis Ungeimpfte mit massiven Ausgangsbeschränkungen leben müssten. Er nennt die Impfquote von rund 65 Prozent „beschämend niedrig". Unterdessen ist die Zahl der Corona-Neuinfektionen in Österreich erneut auf einen Rekordwert gestiegen. 11.975 Fälle wurden nach Angaben der Behörden binnen 24 Stunden verzeichnet. Die Sieben-Tage-Inzidenz pro 100.000 Einwohner kletterte auf 751, den dreifachen deutschen Wert.

+++ 12:45 Kretschmer fordert Absage von Weihnachtsmärk-

ten +++

Sachsen Ministerpräsident Michael Kretschmer hält angesichts einer drastischen Zunahme von Neuinfektionen die Absage von Weihnachtsmärkten für sinnvoll. „Man kann sich doch nicht vorstellen, dass man auf dem Weihnachtsmarkt steht, Glühwein trinkt und in den Krankenhäusern ist alles am Ende und man kämpft um die letzten Ressourcen", sagt er in der Sendung „Frühstart" bei RTL/ntv. Bund und Länder müssten Bürgermeistern, Landräten und Marktbetreibern diese schwere Entscheidung jetzt abnehmen.

Birko brachte fünf mal Kaffee, man saß irgendwie fest. Nanni filmte, aber Susi fand nicht, dass solche Aufnahmen spannend sein könnten, im Livestream schon gar nicht. Aber auch für einen Film, den die zwei ja danach auch noch erstellen wollten, ergab sich nicht viel.

„Wenn ihr was zu Corona machen wollt, dann müsst ihr in die Kliniken. Dann wollen wir erschöpfte Pflegekräfte sehen, wütende Oberärzte, verzweifelte Krankenschwestern, schwitzende Essensbeibringer, alles das."

„Aha, das willst du also sehen? Glaubst du das oder meinst du das?" Mike schien wütend zu werden. „Außerdem war nie die Rede von Corona. Corona gehört in diesen Tagen zu allem dazu. Du berichtest über Bananen, du wirst immer auch über Corona berichten. Du textest zu Friseurläden, du wirst immer auch zu Corona berichten, du textest zum Länderspiel, du wirst immer auch über die Coronafälle berichten. Außerdem darüber, dass Deutschland zusammenbricht, an Corona, sich aber dennoch heute 26.000 Menschen im Stadion in Wolfsburg versammeln sollen. So widersprüchlich ist die Welt. Von den Hunden, die man in Rumänien nach Deutschland rettet, und von den gequälten Stalltieren als Hyperwiderspruch gar nicht zu reden. Ich sage nur: Diktatoren können auch mal lieb sein. Massenmörder bringen dem Opfer vorher auch mal Tee. Zuhälter halten auch mal das Tampon der ihnen ‚zugehörigen' Prostituierten bereit. Das sind doch die Lehren des Lebens!"

Es schien sich der Eindruck zu verdichten, das Mike nicht recht wusste, wie er mit der Welt umgehen sollte. Auch ohne Corona war das Leben eine Anstalt der Lächerlichkeit. Man konnte froh sein, wenn man halbwegs gesund war, ohne Krieg lebte, die Wohnung noch bezahlbar blieb, man nicht in einem Schiff über gefährlichste Wasser irgendwohin flüchten musste. Ja, dann konnte man froh sein. Und wenn das Geld für den Monat zum Leben reichte und keine Kinder im Sand verhungern.

Da konnte man jubilieren. Alles andere war nur Schwachsinn. Das Leben war geronnener Schwachsinn, aber man musste irgendwie durch. Vielleicht machte Mike deshalb Filme.

Bei Nanni wusste man es nicht genau. Weil sie filmte ... und sich auch konzentrieren musste, sprach sie weniger. Das aber musste nichts besagen. Sie konnte genauso verschlagen wie Mike sein, nur dass sie prinzipiell „bedeckter" durchs Leben lief.

Susi, Rinne und Birko schienen untereinander ja auch nun verunsichert. Wie in so einem Big-Brother-Spiel, wenn plötzlich alle Teilnehmer dem nächsten misstrauen, weil Menschen auch so fies sind. Da musst du nicht erst 100.000 Euro auf den Tisch legen. Nein, diese Menschen sind immer gefährliche Tiere. Sobald die Nahrung knapper wird, geben sie sich wölfisch, werfen alle vermeintlich guten Sitten davon und fangen an zu beißen, zu hetzen, zu hecheln.

Über SPD-ler Scholz wurde soeben so berichtet:

„Wir müssen gewissermaßen unser Land winterfest machen", *sagte er zur Einbringung eines Gesetzentwurfs von SPD, FDP* *und Grünen zu weiteren Corona-Regelungen. Der amtierende* *Vizekanzler sprach sich außerdem für eine „große gemeinsame Kampagne" für mehr Impfungen aus. Es müsse alles getan*

werden, damit Millionen Menschen Auffrischungsimpfungen bekommen. Zudem solle 3G am Arbeitsplatz kommen, also Zugang nur für Geimpfte, Genesene und Getestete.

Also, da war nicht viel. Wenn aber Corona nicht das Thema von Mike ist, vielleicht auch nicht von Nanni, sondern das Böse in uns allen, dann bräuchte man sich auch nicht ständig mit Corona zu befassen.

Schließlich kam wirklich einer von den Cowor-king-Menschen. Ein Benjamin: „Ihr müsst aber langsam gehen. Wir wissen, dass heute Karneval ist. Das ist nicht immer leicht, weil die Viren nun so herrlich fliegen werden. Aber es kann nicht bedeuten, dass fünf Menschen dauerhaft diese Räume beflecken, mit ihrer Anwesenheit. Zudem habt ihr nicht mal Masken auf. Es gab schon Protest von Tisch 3, und an Arbeitstisch 15 sitzen zwei, die sich sehr über euch beklagen. Ich muss euch bitten zu gehen. Sehr nachdrücklich. Die Filmerei ist zwar nett, ihr wollt bestimmt für uns Werbung machen, danke, aber dennoch ist uns ein Laden ohne Viren lieber als ein Laden im Livestream. Ich denke mir, dass ihr das verstehen könnt."

So sprach also dieser Benjamin. Mike schien etwas zu zucken. Man wusste also immer noch nicht, wer mit wem zusammensteckte. Auch Nanni machte eine kleine Seitwärtsbewegung. Vielleicht auch nur, um diesen Benjamin schön ins Bild zu kriegen. Sie ging auch kameramäßig über das Namensschild „Blushing", so hier der Laden hier. Wahrscheinlich erröten Leute immer, wenn sie hier eintreten. Und sie sind immer noch geblushed, wenn sie den Laden verlassen. Susi hätte „Flashing" genommen. Am Ende war auch das egal. Die mussten leben, dazu mussten so und so viel Tische besetzt sein. Ein Trupp von fünf mal zwei Kaffee konnte für niemanden hier ernsthaft die Welt bedeuten.

Die fünf Freunde, die eigentlich keine Freunde waren, mussten nun also wieder in die lärmigen Karnevalsstraßen. Mike hatte aber wieder einen Vorschlag, man könnte auch noch einen Kilometer weitergehen, da habe er in einem Keller seinen Schnittraum. Der sei nicht super groß, liege aber halbwegs zentral, zugleich würde man nichts von Karneval mitbekommen. Das sei sicher. Einen Videoschirm im Großformat von der TELEFROMM gäbe es auf dem Weg wohl mal, aber im Filmkeller selber müsste man darauf verzichten. Wer informiert sei, könne ja dauernd auf sein Handy starren.

Zumal: Rinne mache doch was auf Instagram. Da wäre Handy doch besser, dann könnte sie die Bilder immer weiterschnippen. Er wolle nur nicht wissen, wem Rinne so alles folgen würde. Wahrscheinlich viele Lächerlichkeiten dabei, angebliche Stars, die nur von der Berühmtheit leben. Vielleicht gäbe es auch 1000 mal den Babybauch der Frau Fischer, solche Dinge. Dafür müsste Rinne aber nicht immer so gereizt sein.

Das war der Moment, wo Rinne dachte: Nein, diesen Mike finde ich gar nicht attraktiv. Meine Kinder würden ihn auch nicht mögen. Ich sollte lieber mal wieder bei Mama anrufen, und nicht sinnlose Gedanken an diesen Mike verschwenden. Was immer er mit uns vorhat.

Susi nickte aber dann zu dem Vorschlag, weil der Tag ja immer noch nicht beendet war, es war eher mittags als nachmittags. Da konnte man noch nicht nach Hause. Sie hätte auch zuhause nicht weitergewusst. Eine Badewanne besaß sie nicht, sonst hätte sie sich in diese gelegt. Ein Videotelefonat mit Achim in Italien kam auch nicht in Betracht, weil der bei seiner Arbeit war und sowieso nicht gerne per Bild telefonierte.

Birko hatte sich bedeckt gehalten, war auch nicht so sehr an einer Öffentlichkeit interessiert, aber diese ganzen Verwicklungen um Daten, Datenangriffe, lose Server, anfällige Systeme. Das interessierte ihn. Nun konnte man es auch merken. Vielleicht brachte er den Filmkeller von Mike auch nur mit den Ausfällen des Notrufes von heute früh in Verbindung. Einfach so, einfach aus dem Bauch heraus. Vielleicht wollte er auch mal sehen, wo Mike und Nanni zusammenhockten. Wenn Nanni nämlich mit Mike zusammenarbeitet, dann mussten sie auch zusammenhocken und die Filme schneiden. Das würde Mike kaum allein machen, wenn die Aufnahmen von Nannis Hand kamen. Irgendwie würde er diese Nanni dann bei der Entstehung hinzuziehen. Vielleicht traten die beiden schon immer als Filmpaar auf. Da er keine Nachnamen hatte, und selbst die Vornamen Mike und Nanni nicht sicher seien, konnte er sich auch nicht via Smartphone und Internet informieren, was es mit diesem Pärchen auf sich habe. Irgendwie dachte er aber schon, dass die zusammengehören. Irgendwie schon.

Es waren wirklich nur wenige Hundert Meter. Bald war man da. Ein schäbiges Mietshaus, unten alles besprüht mit irgendwelchen Tags, die am Ende nichts sagten. Man hätte auch tausendfach das Wort „Müll" an die Wände sprühen können. Die Tür stand offen. Das fand Susi dann doch seltsam, denn sie vermutete im Keller ein Equipment, welches mehrere Tausend Euro betragen konnte. Immerhin sprach man vom Film.

Man suchte sich im Hausflur zusammen. Diese fünf Menschlein. Einige Briefkästen waren tatsächlich aufgebrochen, als würden viele Drogenabhängige in solch einem Haus verkehren.

Mike sah die Blicke und klärte auf. „Das soll alles saniert werden. Auf Luxus. Ihr kennt das Thema. Auf jeden Fall sind schon ein Drittel der Leute hier raus, weitere folgen, so wird das Haus nach und nach leerer. Zugleich zieht das wiederum Menschen an, die nicht wissen wohin. In solchen Häusern erhoffen sie sich Unterschlupf. Dabei sind die leeren Wohnungen nun so stark verrammelt, dass niemand da mehr reinkommt. Aber das Treppenhaus, das ist ja noch da."

Außerdem könnte man sich gut im vierten Stock vor die Türe hocken. Denn der vierte Stock sei ganz leer, da habe man das Treppenhaus für sich.

Der Kellerbereich hatte eine dicke, fette Stahltür bekommen. Die würde man fast auch mit Sprengsatz nicht aufbekommen. Da war sich Rinne sicher. Susi auch. Birko schloss sich dann auch noch an. Der Schlüssel drehte sich, Mike machte es klar und fest. Rinne fand wieder etwas Gefallen an ihm.

Nanni hatte diese kleine Kompaktfilmsache dabei, und eine Tasche, vielleicht war da auch Technik fürs Kleinmikro drin. Man hatte sie aber nie etwas einpegeln sehen. Bei der Technik wusste man eben auch nicht recht weiter. Das änderte sich alles stündlich. Wer wollte da mithalten? Rinne hatte einen Fotoapparat zusätzlich zum Handy. Der hatte nur 290 Euro gekostet, aber selbst bei dem kannte sie höchstens 30 % der Einstellmöglichkeiten. Wie viele Optionen würde also eine kleine Filmkamera bieten, schon auf Profiniveau? Und Kosten vielleicht bei 2000 oder gar 2500 Euro?

Mike führte sie in den Keller. Der war nun hellerleuchtet. Offenbar gab es mehrere Kleinstudios hier, denn es gab unten wieder mindestens 10 Stahltüren dickster Bauart. An der Nummer 3 passte wiederum der Schlüssel von Mike.

„Liebe Leute, hinein. Ich habe auch etwas Wein. Nur Geld habe ich nicht. Dafür das Gedicht."

Mit diesem Sprüchlein schien Mike alle Leute erfreuen zu wollen. Jede Woche wieder.

Als Erstes aber fiel der Blick auf eine Gebrauchsanweisung. Sony PXW-FX9 V.

Deckt alles vom Kamera-Setup über Zeitlupenaufnahmen bis zu S-Cinetone-Tipps ab. Autor: Alister Chapman. Das interaktive PDF-Format ermöglicht den einfachen Zugriff von Ihrem Smartphone aus, wenn

Sie vor Ort sind. Jetzt aktualisiert für V2-Firmware mit Touchscreen-Bedienung, Augen-AF, Scan-Modi in V2 und vielem mehr.

So etwas las Rinne dann auch ab. Sie hatte aber keine Ahnung von nichts. Um was ging es? Um wen?

Susi entdeckte ein aufgeschlagenes Heft mit englischen Hinweisen. Also auch eine Gebrauchsanweisung. Oder eine Bedienungsanleitung.

Right side (rear)
(page 7)
1. Built-in speaker (page 29)
2. VOLUME (monitor volume adjust) buttons
Adjusts the monitor volume and alarm
volume.
3. (N-Mark)
ffj
Touch a smartphone equipped with the
NFC function against the unit to establish a
wireless connection (page 49).
Some smartphones that support wireless
pay systems may not support NFC. For
details, refer to the operation manual for the
smartphone.
ffj

NFC (Near Field Communication) is an international communications protocol for wireless communication between objects in close proximity.

4. HOLD switch (page 99)

5. Record START/STOP button

6. ND VARIABLE dial (page 37)

7. ND PRESET/VARIABLE switch (page 37)

8. ND FILTER POSITION up/down buttons (page 37)

9. ND CLEAR LED (page 37)

10. ND VARIABLE AUTO button (page 37)

11. STATUS button (page 13)

12. FOCUS AUTO LED (page 31)

13. FOCUS switch (page 31)

14. PUSH AUTO FOCUS button (page 33)

15. IRIS function button (page 36)

16. PUSH AUTO IRIS button (page 36)

17. ISO/GAIN function button (page 36)

18. ISO/GAIN (gain select) switch (page 36)

19. ASSIGN (assignable) 9 button (page 41)

20. WHT BAL (white balance) function button (page 38)

21. WHT BAL (white balance memory select) switch (page 38)

22. SHUTTER function button (page 37)

23. Air inlet
[Note]
Do not cover the air inlet.
24. POWER indicator (page 29)
25. POWER switch (page 29)

Am Ende trank man den Wein aus Plastikbechern. Birko ersparte sich eine Bemerkung über das Klima und darüber, dass man alles an Plastik doch verbieten wolle oder schon verboten habe, zumindest dieses Partyzeugs. Ja, er hatte gestern noch nachgelesen. Bei der Verbraucherzentrale.

Eine neue Verordnung hat im Juli 2021 mit einer Reihe von Einwegkunststoff-Produkten Schluss gemacht – darunter Wattestäbchen, Plastikteller oder auch Styropor-Becher. Wir zeigen, um was es dabei genau geht und bewerten die praktischen Alternativen.

Das Wichtigste in Kürze:

Die deutsche Verordnung ist am 3. Juli 2021 in Kraft getreten – im Handel und in der Gastronomie dürfen noch Restbestände ausgegeben werden.
Manche Einwegprodukte werden nicht verboten, sondern nur gekennzeichnet.

Grundsätzlich ist der Verzicht auf Einwegplastik immer am besten, oder man sollte Mehrwegprodukte bevorzugen.

So, und nun? Nochmals schauen, was mit Corona würde und werde? Ob sich noch in einer Pressekonferenz ein Ministerpräsident oder eine -präsidentin an die Öffentlichkeit wendet? War es dann wert? Natürlich nicht!

Corona lastete heute am 11.11. über allem. Sollten doch die Kappen in Grönland oder dahinter noch wegschmelzen, jetzt gerade. Das war doch ziemlich egal, wenn sich die Zahlen von 50.000 Neufällen morgen vielleicht schon zu 100.000 Neufällen entwickeln würden. Das ging ja nie und nimmer gut.

Rinne überlegte hingegen, erneut mal die Mama anzurufen. Aber der Empfang war in diesem Keller gleich null. Also würden sie von der Außenwelt ziemlich abgeschnitten sein. Susi sprach dann auch die Idee aus: „Das ist ja still wie ein Kloster."

Mike machte dann zwei Tischcomputer an, es waren vier große Bildschirme zu sehen. Dazu gab es eine Deckenleuchte und ziemlich bitter schmeckenden roten Wein aus einer verdammt großen Flasche.

Nanni schloss nun ihr Filmgerät von heute mit

irgendeiner Festplatte zusammen. Bald kamen die Bilder. Die Bilder von heute. Die ganze Live-Übertragung. Zugleich aber lief die Kamera von Nanni auch nun im Keller weiter.

Vielleicht wollten die auf exakt 24 Stunden kommen? So etwas wäre ja nicht ungewöhnlich. Das machen so Leute dann. Es soll immer alles klar begrenzt sein. Das ist doch bei Weltrekorden auch so, da soll es in so viel Stunden übers Meer gehen, in so viel Stufen aufs Hochhaus. Alle diese Dinge.

„24 Stunden" würde die Frage aufwerfen, wann das alles begonnen hätte? Mit dem Filmen heute?

Die zweite Frage wäre, ob sie aus diesem Keller hinauskämen ... nehmen wir an, es ist 22 Uhr abends, und man wollte weg.

Würden Mike und Nanni sie gehen lassen?

Birko machte sich schon so seine Gedanken.

Susi auch. Ihre Gedanken.

Rinne war mehr bei den Kindern. Außerdem ärgerte sie sich über das schlechte Licht, denn auch ohne Empfang konnte sie mit dem Smartdings ja Fotos machen, die sie dann eben abends ins Instagram stellen würde, auf ihren Account, eben leicht verzögert. Hauptsache Fotos. Aber bei diesem Funzellicht!

Somit waren Susi und Birko eher besorgt, sie

dachten an das Eingesperrtsein und an das Ausgeliefertsein. Und Birko an 24 Stunden. Es gab ja auch Schreibende, die unbedingt an einem 11.11.2011 oder an einem 11.11.2021 ein Buch schreiben wollten. Versuchsanordnungen. So Sachen passierten ja auch in der Welt. Von den absurdesten Hochzeitsterminen ganz zu schweigen.

Außerdem war heute der 11.11.2021, da könnte es doch Hochzeiten gegeben haben. Bestimmt! Ob mit oder ohne Corona. Irgendwie wurde immer geheiratet. Man musste überlegen, wie viele wegen Corona nun verzichteten, weil sie nicht mit 3G oder 2G oder 2G+ eine Hochzeit feiern wollten. Außerdem: Die Masken störten ja bei den Hochzeitsfotos. Da sitzen alle mit Masken im Standesamt! Wer wollte so ein Album schon haben! Da war Birko fast schon froh, dass er mit Kessie auseinander war, denn auf eine Hochzeit war es ja schon hinausgelaufen, irgendwie. Kessie wollte Sicherheit, sie wollte auch drei Kinder. Da war ihm aber dann doch deutlich Wasser in den Kopf geschossen, oder Blut. Jedenfalls wurde es da oben sehr warm und er musste sich dann von Kessie trennen. Letztlich, auch wenn er anders ausgedrückt hatte. „Auseinanderleben", das war sein Leitmotiv gewesen. Kessie sah mit der Maske auch so extra besonders blöd aus, also richtig hässlich. Vielleicht dachte sie es aber auch von ihm, hatte es aber nie gesagt, weil sie so höflich war.

„Also, liebe Leute, wann habt ihr angefangen?!" Susi wollte es jetzt doch wissen. Sie sahen die Bilder der Kamera, die sie heute am Balschmarkt erwischt hatte. Also Wiederholung der Ereignisse. Mike wollte wohl nur demonstrieren, dass es wirklich Aufnahmen gab. Da war also kein Fake dabei. Niemand spielte hier Donald Trump mit Fake News und so, aber der Sturm auf den Capitol war dann doch verdammt real gewesen. Da kippten die ewigen Fake News des Herrn Trump dann in die nackte Realität eines möglichen Umsturzes. Vielleicht hat er nur mal so zugeguckt. Sich gesagt: Mal sehen, wenn es klappt, dann komme ich schnell an dem Gebäude an und lasse mich zum Präsidenten ausrufen. Ein Putsch auf Probe also, wäre ja denkbar ... und auch denkbar gewesen.

Rinne war etwas enttäuscht. Der Keller war eng, die Luft wurde schlechter, die Aufnahmen sahen auch wenig professionell aus, obwohl Nanni am Morgen so schwadroniert hatte, dass es schon etwas Besonderes sei, so Aufnahmen zu machen. Ganz anders als mit dem Smartphone. Die Ergebnisse jedenfalls waren von der Optik erschütternd schlecht. So hatte man also alles live nach Twitch gestreamt? Und tat es jetzt immer noch? Wer würde sich das länger als fünf Minuten angucken? Da könnte man doch direkt wechseln, und zwar zum Blick aus dem Fenster, was in einem Keller nicht ging. Gewiss.

Rinne stellte jedenfalls alle solche Aufnahmen voll in Frage.

Birko meinte, dass die Aufstellung der Nationalmannschaft heute Abend interessanter wohl wäre als dieses Livestreaming-Dings. Wie sollte daraus überhaupt jemals ein Film entstehen? Bei 24 Stunden Material würden die ja dann alles auf 90 Minuten runterschneiden müssen? Nein, es blieben Fragen, und es blieben Zweifel.

Es vergingen nun die Stunden. Man sollte es kaum glauben. Die Luft in jenem Keller wurde nicht besser, die Bilder wurden auch nicht toller. Es war alles verdammt unprofessionell. Mike und Nanni konnten draußen, „in freier Wildbahn", so selbstsicher erscheinen. Aber in dem engen Keller mit der Funzel, da wirkte alles in keinster Weise überzeugend. Dennoch trabte die Uhr voran. Es war jetzt voller Nachmittag und sie würden auch noch den Abend erreichen.

Es blieb die Frage, warum sich niemand aus der

Gruppe Birko, Rinne und Susi dazu entschließen konnte, nun endlich aufzustehen. Diese Frage bohrte und schwärte.

Wer könnte es uns auch beantworten? Die Verweise auf den 200. Geburtstag jenes Fjodor hatten so viel ausgelöst, in unseren drei Helden oder auch Anti-Helden, dass sie nun in einem Keller hockten, aus dem sie nie und nimmer fortkommen könnten. So schien es. Und das unabhängig von der 24-Stunden-Idee, die Birko so plausibel fand. Dann könnte es aber auch bis morgen früh dauern, das alles. Rinne musste ja auch an das Abholen der Kinder denken, bei der Mama. Diese aber konnte sie nicht anrufen. Auch das nicht. Ohne Empfang war da nichts drin. (Auf die Idee, dass die Computer vielleicht am Internet hingen und man so über eine WLAN-Box etwas erreichen könnte, auf diese Idee kam sie aber dann nicht.)

Nein, es gab hier nichts zu beschönigen.

Mike summte ein Karnevalslied und öffnete dann den Mund für das Wort „Zick".

Selbst das sollte nicht wirklich von Vorteil sein, für alle.

Gab es keinerlei Lösung?

Susi versuchte es nun mit dem Filmen. Sie wollte ein Gespräch über Filme und Co beginnen, um so vielleicht etwas voranzukommen.

„Wo seid ihr denn? Bei welchem Institut?"

Beide schwiegen. Sie waren auch über 30 Jahre, bestimmt, sie mussten also ein etwaiges Studium längst abgeschlossen haben.

Aber was nützte das, wenn sie nicht wirklich sprachen?

Rinne hatte nun auch Angst vor dem Bösen, was in uns allen drin ist. Das auch. Sie konnte sich vorstellen, dass Leute andere Leute in einen Keller locken und nicht herauslassen. Zwar waren sie formal zu dritt, aber sie alle drei besaßen keinerlei Aggressivität. Um sich aus einem Keller rauszuschlagen, würde man diese aber benötigen. Echte Aggressivität. Es war auch niemand in einem Box- oder Karateclub.

Mike sah hingegen doch sehr trainiert aus, dazu der Stoppelbart. Er war schon eine Erscheinung, vor der man Angst haben könnte oder konnte.

Nanni war als Frau kleiner als Mike, aber auch sehr fit. Das musste man sich eingestehen. Vielleicht boxte die ja. Oder machte Fist Fighting in Käfigen. Rinne dachte an diese Kentikian und andere. Die sich da bei RTL als „unbreakable" gerierten. Was immer das erbringen möge. Christian Kahrmann, Monika Sozanska, Hardy Krüger Jr., Ekaterina Leonova, Susi Kentikian, Jasmin Tawil, Marvin Linke, und Osan Yaran. Solche Namen wurden im Vorfeld genannt. Der Kahrmann also dabei. Musste wieder etwas ganz Wichtiges sein, aber sie, Rinne, konnte sich nicht erklären, was das alles zu bedeuten hätte. Wer bricht wen warum? To break. Die Bilder zeigten mal wieder so graue oder grüne Kleidung, als ob es um Drill ginge. Befehle. Gehorsam.

Vielleicht hätte Nanni auch in dieses neue Format gepasst. Vom Körper her. Aber die bei RTL brauchten Leute, die irgendwie bekannt waren. So Serien lebten oft vom Bekanntsein und dann noch vom bekannter Werden. Dafür gab es dann Geld. Da durfte man dann auch mal vor der Kamera weinen oder sich danebenbenehmen.

Wäre das mit ihnen auch so? Live? Aber sie hatten sich heute recht gut benommen, auch jetzt im Keller, wo Nanni filmte und filmte und filmte, lief alles doch noch recht gut ab. Die schwierigen Gedanken hatte Rinne für sich behalten. Man hatte sich nicht gestritten, hatte nicht gehetzt. Es war alles okay.

Nur die FFP2-Maske hätte sie mal öfter aufziehen sollen, das stimmt. Blöd aber auch.

Birko hatte auf dem einen Computer rumgetippt, eher aus Langweile, war aber im Internet drin und konnte sich die mögliche Aufstellung für das Länderspiel gegen Liechtenstein heute Abend nicht entgehen lassen.

Immerhin. Etwas klappte ja doch.

Das ist die voraussichtliche Startaufstellung der deutschen Nationalmannschaft:
Die voraussichtliche Aufstellung von Deutschland
Tor: 1 Neuer/FC Bayern München (35 Jahre/107 Länderspiele)
Abwehr: 18 Hofmann/Borussia Mönchengladbach (29/8), 4 Ginter/Borussia Mönchengladbach (27/44), 2 Rüdiger/FC Chelsea (28/49), 5 Kehrer/Paris St. Germain (25/14)
Mittelfeld: 21 Gündogan/Manchester City (31/52), 8 Goretzka/Bayern München (26/40), 11 Reus/Borussia Dortmund (32/47), 13 Müller/FC Bayern München (32/107), 19 Sane/Bayern München (25/39)
Sturm: Nmecha (22/0)

Mit wem aber sollte er darüber sprechen? Mit Mike? In all der Anspannung? Bitte, bitte nicht.

Susi machte wieder den Versuch. „Also Mike und Nanni, wollt ihr uns nicht mal endlich aufklären, was das alles soll? Kommt jetzt noch jemand von ‚Verstehen Sie Spaß?' oder nicht?"

Auf diese Weise wollte sie die Dinge noch etwas auflockern. Da war gewiss gut gemeint. Aber es war sofort klar, dass dieser Teil des Rätsels auf den

Wert „null" zu stellen war. Ohne jedes Nachfragen.

Guido Cantz würde nicht kommen. Außerdem hatte es geheißen, er würde auf dem Heumarkt in Köln für das Fernsehen WDR den 11.-11.-Auftakt moderieren. Dann wäre der heute sowieso nicht mit dieser Spaß-Sendung befasst. Außerdem sollte die ja aufgegeben werden, von ihm. Das kam noch hinzu. Warum sollte er also noch Leute an der Nase rumführen? Sein Team ja, die brauchten ja Material, aber Cantz selber eben nicht (mehr).

Birko klammerte sich an die 24 Stunden. Er sprach ganz dezent vom 24-Stunden-Rennen auf dem Nürburgring. Danach von Le Mans. Er hoffte, dass man das Zucken der Gesichter dann erkennen konnte und erkennen würde. Allein schon von der Zahl 24 her.

Aber man merkte nichts.

Nanni tat so, als hätte man hier das tollste Filmmaterial der Welt beisammen.

Es war aber unklar, warum die Film-Objekte Birko, Susi, Rinne sich dieses Material eigentlich begucken sollten.

Wenn es so tolles Material war, dann konnte doch Mike schon mit der Arbeit beginnen. Dann könnten die drei fein nach Hause gehen, und wenn Nanni filmen wollte, bitte, dann würde sie eben mitkommen, zu den drei unterschiedlichen Wohnungen.

Susi erkannte aber, dass das zu einer Trennung der Gruppe führen musste. Gewiss.

Denn sie würden sich auf drei Wohnungen verteilen, Rinne müsste zudem noch bei der Mama vorbei, um die Kinder zu holen. Da sei also alles nicht so einfach. Wenn man aus Sicht der Filmenden dachte.

Mike sprach wieder über Karneval und wie froh er sei, dass man sich von diesem Marktplatz wegbewegt habe. Die Sache mit dem Coworking, da sei es besser geworden, da wären auch die Geräusche und die Atmo besser gewesen.

Nanni stimmte zu.

Die Bilder liefen nun mit deutlich erhöhter Geschwindigkeit. Ja, das kam vor. Beide sprachen über die Film-Bilder.

Nun hatten Rinne, Birko und Susi das kollektive Gefühl, nicht mehr dazuzugehören. Sie waren im Raum, das ja, aber sie gehörten nicht zu diesem Raum dazu.

Sie waren ausgeschlossen und eingeschlossen zugleich.

Das Böse war noch möglich und das war ja der Kitzel, aber das Böse wurde eben auch zurückgedrängt. Wenn sich zwei Filmemacher über einen

Film unterhalten, dann muss doch wirklich etwas daran sein, an allem. Oder nicht?

Dann konnte das Böse kaum Position eins einnehmen.

Es kam nun dazu, dass Birko, Susi und Rinne sich untereinander verständigten, während Nanni mit Mike über den Film und die Szenen sprach, die man sehen konnte. Nanni musste aber weiterhin ein Auge auf die drei haben, weil sie ja weiterfilmen wollte, und es auch tat, und weil alles live auf diesen Kanal bzw. die Marke namens Twitch gelangte. Twitch hier, Twitch da, wenn man kein Gamer war, wusste man mit dem Namen nicht so viel anzufangen. Hätten die auf YouTube gestreamt, dann wäre es schon wieder anders gewesen.

Die drei fingen also an, mit den Mündern über die Lippen zu sprechen. Eine ganz andere Art. Lippenlesen also, dazu andere Gesten mehr. Sie vergaßen offenbar, dass auch dieses aufgenommen werden würde.

Und dann eventuell 24 Stunden lang.

Birko kam von diesen 24 Stunden nicht los. Aber er hatte den beiden Frauen es so jetzt klar machen können, dass auch diese nun wussten und ahnten, was er meinte.

Es kamen als nun Befürchtungen auf die Frauen

zu, die anfangs vor allem Birko allein gehabt hatte.

Mike drehte sich um, merkte etwas von dem Zeichengetue und sagte laut: „Das kommt alles ins Streaming. Ihr könnt euch nicht einfach über Nanni und mich verständigen, ohne dass es draußen jemand erfährt. Das muss euch klar sein."

Rinne erkannte, dass dieses Streamen ja auch eine Sicherheit war. Denn wenn wirklich das von irgendwem geguckt würde (sie dachte an höchstens 20 Leute), dann konnte man den Zusehern ja Zeichen geben. Die am Bildschirm würden erkennen, wenn es bedrohlich würde, und dann ließe sich von außen doch bestimmt die Polizei verständigen.

Das beruhigte Rinne etwas.

Jetzt aber meldete sich ihr Handy, eine SMS kam rein, über ein Paket, welches über den Link abzurufen sei, von den Daten. Sehr seltsam. Sie ordnete das sofort als bösen Spam ein, Phishing-Spam, der Link sah so böse und unprofessionell aus. Sie hatte nie ein Paket bestellt. Und nun kam diese SMS genau hier unten im Keller an.

Birko dachte bei Keller an die Videoschiedsrichter in Köln, die bei Bundesligaspielen immer aktiv waren. VAR wurde das abgekürzt. Aber heute war ja Länderspiel. Da konnte kaum der deutsche Keller zuständig sein, für die Videobeobachtung. Der Kölner Keller wohlgemerkt. Das ging doch nicht.

Es schienen aber Keller und Videos doch zusammenzugehören, zumindest im Fußball. Vielleicht ja auch bei so manchen Filmprojekten. Da fand er keinerlei Antwort drauf.

Susi hatte tatsächlich einen zweiten Becher von diesem Fuselwein begonnen. Ja, Plastik. Ihr war etwas schwindelig nun. Sie wusste nicht, ob sie da eventuell etwas eingefangen hätte. Corona! Konnte es sein, dass sie sich den heute geholt hatte, beim Karnevalsbeginn?

Man hatte als Beobachter aber doch die Idee, dass die Spannungen wuchsen. Man nehme den Schreibenden als Beobachter, denn einer muss ja alles aufschreiben, was heute passiert. Zumindest in groben Zügen. So ein 11.11. kommt ja nur einmal im Jahr. Und dann mit solchen Coronazahlen! Das war ja fast schon traurig, erschütternd und im Negativen überwältigend.

Susi meinte nun, sie habe den Verdacht, dass die beiden hier gar keine Filmer seien. Zumal ja auch diese Gebrauchsanweisung da läge. Für die professionelle oder halbprofessionelle Kamera. Kompliziert jedenfalls. Wenn aber Menschen so etwas lesen, lesen müssen, dann spräche alles dafür, dass es ihnen damit „neu" sei. Und das gälte vielleicht nicht nur für diese spezielle Kamera, sondern für alles um das Thema Filmen.

Was sie sich aber vorstellen könne, sei, dass diese beiden Menschen hier etwas mit Medien zu tun hätten, vielleicht kämen sie vom Reporterdasein und müssten nun für RTL oder solche Sender etwas Neues produzieren. Das könne sie sich schon vorstellen. Vielleicht sei alles auch nur eine Probesendung, eine Art Vorproduktion. Hernach gehen dann Menschen hin, begucken sich alles und entscheiden, ob man so ein Format machen könne.

Ein 24-h-Format.

Mit drei Menschen, die irgendwie zusammengehören, die man irgendwie aussucht. Alles da. So könnten die Dinge doch liegen.

Leider bekam sie keinerlei Antwort. Nichts.

Susi hätte nun nachbohren müssen, tat es aber nicht. Gerne wäre sie an etwas Besonderem beteiligt gewesen. Denn auf Dauer wusste sie diese Krankenversicherung GZHZ doch nicht so recht zu begeistern. Da musste mehr hin, in dieses Susi-Leben. Sie hatte schon gehört, dass Leute von außerhalb kamen und irgendwie ins Fernsehen gelangt sind, dauerhaft, über irgendwelche Shows. Das gab es ja wohl schon. Und es könnte vielleicht

auch ihr gelingen. Man sollte ja nichts ausschlie-
ßen: Dann würde alles einen eigenen Kick bekommen, so oder so. Einen ganz eigenen Kick.

Birko sprach es aus, er hatte halbwegs ähnlich
gedacht. „Es ist also eine Testsendung. Können wir
das mal annehmen. Wir sind hier die Kaninchen,
und ihr seid die ersten Versuchswissenschaftler,
habt aber von allem noch keine rechte Ahnung. Das
wird dann alles beobachtet, bewertet und irgendwann kommt ein neues Format. Oder das Format
kommt nicht. Könnte man das so zusammenfas-
sen? Bitte, bitte, ihr müsst nur antworten."

Mike erklärte nur, so ganz falsch lägen sie ja nicht,
aber von 24 Stunden sei nie die Rede gewesen.
Außerdem müsste niemand fürchten, heute in diesem Keller eingesperrt zu werden. Auch das fände
nicht statt.

Rinne wollte es deutlich genauer wissen.
Aber Mike ließ sich zu keinen weiteren Erläuterun-
gen herab.

„Sieh es doch mal so, Rinne, bei allem, was über
dich bekannt ist, hängst du sehr an deinen Kindern.
Also wirst du sie auch heute Abend noch abholen
wollen. Genau das sei dir auch vergönnt. Da knab-
bern wir nicht dran."

Er ging sogar nun zu der Tür des Kellers, und

drehte demonstrativ den Schlüssel um, ließ ihn auch stecken. Die war also von innen auf. Da würde sich nichts ändern. Jeder, jede könnte gehen, sofort.

Auch Nanni erklärte sich nun so: „Jeder von euch kann sofort los! Aber dann wisst ihr natürlich nicht, was das alles soll. Zugleich seid ihr freie Leute, so frei, wie man in Zeiten von Corona eben frei sein kann. Es ist eine Art von Coronafreiheit. Da müssen wir offen drüber reden. Was ich so faszinierend finde, ist, dass keiner von euch bisher gegangen ist, obwohl ihr das doch könntet. Die Tür ist auf. Nun gut, eben war sie nicht auf, aber sie hätte auch eben schon auf sein können. Wir haben da nicht drüber nachgedacht. Mehr ist nicht!"

Würde denn jetzt jemand aufstehen und zu dieser Tür gehen? Rinne hatte doch das schöne Goldfischkostüm. Das müsste an so einem Tag vielleicht auch anderen Leuten noch gezeigt werden.

Dann war da Birko mit seinem Overall, der als Kürbis durchgehen sollte. Der aber dazu die extra Kürbismaske eigentlich nie aufsetzte, weshalb diese Farbe nun eher der Müllabfuhr als einem Kürbis zugeordnet wurde.

Dann war da noch Susi, die sich hinlänglich über ihre Augenringe geärgert hatte, weil ja nun diese Augenringe so oft schon gefilmt worden waren, bei diesem Live-Event, dass jeder da draußen wüsste: Die Susi hat schlecht geschlafen. Vielleicht schläft die immer schlecht. Vielleicht hat die immer ihre Augenringe.

Man konnte sich drehen, man konnte sich wenden. Vieles sprach für eine normale Situation, vieles aber auch für eine unnormale.

Rinne sagte, sie würde kurz mal das Treppenhaus hochgehen, für den Empfang, damit sie bei der Mama und den Kindern anrufen könne.

So geschah es denn auch. Rinne rief an, meinte, sie sei bei einer tollen Party, einige hundert Meter vom Balschmarkt entfernt, und sie könne über die Kaiserstraße bestimmt auch zu Fuß wegkommen Es gefiel ihr aber alles so gut, der Keller sei in der Schelzstraße, und man wüsste nicht, ob es zeitlich zu Ende ginge. Rechtzeitig. Es war ja heute auch Karneval.

Die Mutter war gnädig, sie könne auch über Nacht bleiben, wenn der Mann ihr so gut gefiele. Dann würden Bine und Bodo eben nochmals bei ihr schlafen. Das sei doch kein Problem. Außerdem wäre ja überall Lüftung, im Kindergarten und in der Schule. Das liefe doch ganz leicht. Die Kinder trügen die Masken ja auch ohne ein Murren, während die Erwachsenen meistens den Ärger machten.

Solche Sätze sprach die so hilfsbereite und freundliche Mama, eigentlich ja Adoptivmama.

Rinne traute sich nun nicht zu sagen, dass es mit Mike nun ganz anders war. Der Tag hatte sich anders entwickelt. Weder von Karneval war noch die Sprache ... noch von Liebe oder Liebelei. Einzig Corona hänge über allem, dachte Rinne, sie wollte gar keine Nachrichten mehr hören oder gucken. Bei den Videowänden würde sie dann ganz still vorbeigehen. Sich die Augen zuhalten, zugleich aber die Goldfischmaske aufsetzen, damit niemand in ihrer Stadt wüsste, wer die Frau sei, die keine Neuigkeiten mehr zu erfahren wünschte.

Eigentlich hatte sich Rinne auch eine Abneigung gegen Videos eingehandelt. Seit heute. Die Idee des Filmens, die Idee eines Videos per Handy, alles das stand zur Disposition.

Sie wollte nicht mehr online sein, sie wollte nicht mehr gefilmt werden, sie wollte niemals berühmt werden, und eigentlich hätte sie auch das Handy wegwerfen wollen. Als Akt der Befreiung.

Als sie draußen auf der Straße stand, versuchte sie es auch mal. Sie warf das Handy in ein Gebüsch. In Filmen wurde es immer ins Wasser geworfen. Aber das konnte ja niemand glauben. Das war ja alles nur Quatsch. Wer wirft einige Hundert Euro ins

Wasser, für immer, und alle Adressen und Kontakte sind dann auch noch weg?

Aber ihr Phone einfach mal so ins Gebüsch zu werfen, das fand sie schon interessant.

In der Gewissheit, dass vier Menschen im Keller saßen und sie jetzt mal kurz allein nach oben gegangen war, nahm sie also das Handy und warf es ins Gebüsch.

Diese Handlung tat ihr gut, ja, wirklich.

Da musste man nicht debattieren.

Diese Aktion war ein Seelenöffner geworden.

Danach nahm sie das Handy wieder an sich, ja, es war noch heller Tag gewesen, aber niemand hatte sie beobachtet ... und schon war sie wieder unten im Keller. Mike hatte ihr sogar die Schlüssel für beide Stahltüren überreicht, sodass sie zweimal von außen selber aufschließen durfte.

Das war doch wirklich ein Vertrauensbeweis.

Als sie im Keller selbst wieder ankam, guckten Birko und Susi halb interessiert und halb gelangweilt zu ihr hin.

Wussten sie etwas?

Hatte man sie doch beobachtet?

Das blieb für den Moment ungewiss. Sie setzte sich jedenfalls auf diesen Hocker mit den wackligen Stahlbeinen und goss sich nun ebenfalls den zweiten Becher von diesem Wein ein. An K.o.-Tropfen dachte sie nicht, weil ja alles so glatt gegangen war. Nach all dem Bösen, was auch noch in der Luft lag.

Bei K.o.-Tropfen hätten ja auch Susi und Birko daliegen müssen, wie ohnmächtig. Was sollte man den beiden auch wegnehmen? 50 Euro, die sie fürs Trinken und Essen dabeihatten? Den QR-Code samt Smartphone mit der Impfsache?

Konnte man damit Geld verdienen?

Ich nehme dein Handy mit dem Impfcode und verkaufe das weiter? Und wenn die dann nach dem Ausweis fragen? Da müssen doch Ausweis und Handy irgendwie zusammenpassen. Nein, das schien dann doch nicht so einfach.

Es blieb dann noch die Idee, dass man es auf sexuelle Taten abgesehen hatte, aber bei zwei Männern und drei Frauen war das irgendwie auch unwahrscheinlich. Für Rinne ergaben sich immer weniger Momente des An-Mike-und-Rinne-Zweifelns.

Es hätte auch noch sein können, dass zwei psychotische und paranoide Täter auf drei Menschen warten, sich erst als relativ nett und offen erweisen, um diese dann aber hinterrücks umzubringen. Schien das glaubhaft? Auch wenn heute Fjodor-

Day war. (Rinne hatte nicht ein Buch von diesem Dostojewski gelesen. Aber das musste ja nichts heißen. Es gab in diesen Tagen doch immer wieder Magazin-Beiträge.)

Sie musste jetzt erst einmal wieder zu einer Art von Ruhe finden. Rinne! Darum ging es. Da half ihr der Wein schon etwas weiter. Etwas.

Susi hatte ja auch zwei Becher davon drin.

Bei Birko wusste man es nicht so genau. Er war aber sowieso nichts als Vieltrinker bekannt. In allem. Er war gemäßigt. Sie fragte sich immer noch, warum er nicht mit seinen Programmierkollegen nach Köln gefahren war. Warum denn eigentlich nicht?! Oder wollte er den guten Bruder geben. Halbbruder, aber eben letztlich ja Bruder? Hatte Mama ihn dazu gedrängt? Er solle sie beobachten, damit sie nicht dem Bösen anheimfällt. Zugleich sollte er gucken, ob es da einen Mann geben könnte, den sie nun kennenlernt. Damit sie mal wieder einen Vater für die Kinder und einen Mann fürs Leben bekäme.

Solcherlei Dinge waren eigentlich nie auszuschließen.

Ja, diese Mama war eine ganz nette. Was immer sie vorhatte, mit Rinne, es war immer gut gemeint, es war auch nie aufdringlich. Ja, so könnten die

Dinge zusammenhängen.

Die Funzel war über die Stunden nicht heller geworden. Niemand ging raus. Niemand ging weg. Nanni filmte und filmte und filmte. Mike studierte immer noch das Material des Tages. Das neuere Nanni-Material war immer noch in der Kamera, gewiss.

Susi wirkte ruhig und besonnen. Vielleicht war sie auch nur schläfrig. Für einen dritten Becher reichte das Material aber nicht, für keinen von ihnen.

Da von 24 Stunden nicht mehr auszugehen war, sofern man Mike und Nanni Glauben schenkte, musste auch niemand besonders wachsam sein. Gleich würde man den Keller verlassen, schauen, wo sich noch eine Currywurst verzehren ließe, oder was Veganes, und dann zu Fuß nach Hause gehen.

Die Bahn war für eine Rückfahrt nicht geeignet. Viele würden die FFP2-Masken nun nicht mehr anhaben, oder wenn, dann wären sie schief und es würde infizierte Luft austreten. Außerdem würde es überall nach Alkohol riechen. Nein, da wäre ein Fußweg schon besser.

„Wann dürfen wir denn los?", fragte Susi noch keck.

Der beschäftigte Mike meinte abwesend: „Geh, wann immer du willst. Aber du wirst ja dann Birko und Rinne mitnehmen. Davon gehe ich fest aus."

Nun gut, er hatte recht.

Susi schaute auch mal auf die Uhr, denn in diesem Keller wusste man ja nicht, was draußen los war. Allein schon vom Tageslicht her.

Es dauerte noch einige Minuten, aber dann standen alle drei auf, um loszugehen. Weg vom Keller, weg vom Karneval, aber immer Corona und den Gedanken daran mit sich tragend.

Rinne war richtig erleichtert, dass es zu keinem Verbrechen gekommen war. Sie zitterte leicht.

Auch Birko wirkte wie aufgelöst, fast schon glückselig. Susi hakte sich sogar bei Birko ein, als hätte sie Achim in Italien nun mal kurz vergessen, wie das an Karneval eben so sein kann.

Susi und Birko also vorneweg, und dann Rinne hinterher. Mike und Nanni schienen kaum aufzugucken. Nanni kam auch gar nicht hinterhergelaufen. Das kam noch überraschend hinzu.

Eben noch gefilmt, und nun war alles wie „over"?

Konnte das sein?

Sie gingen jedenfalls die Treppe hoch, in jenem Mietshaus, welches es nicht mehr lange so geben würde, weil doch alles in Luxus umgebaut dann wäre. Das ginge dann an die Reichen, und die würden noch reicher.

So böse war die Welt.

Draußen, vor der Tür, die stets offen stand, da war ein Mann in feinem Sakko, auch der Schal wirkte wie Kaschmir. Der schien mit Karneval nichts zu tun zu haben. Im Gegenteil: Ihm schien es um dieses Haus zu gehen.

Man konnte fast den Anschein haben, als müsse er nun Fotos von seinem Besitz machen, und von der Änderung dieses Besitzes.

Vielleicht hatte er sich Karneval ausgesucht, den 11.11., weil er dachte, das wäre doch wohl am besten, alle abgelenkt, eine ruhige Straße, niemand würde ihn da kritisieren, dass er so fein aussähe, so reich ... und dass er Fotos machte.

Außerdem hatte er draußen eine FFP2-Maske auf, weshalb man denken konnte, der sei furchtbar krank und müsse sich überall schützen. Man hätte auch denken können, die Maske sei ihm wichtig, dass man sein Gesicht nicht erkennen würde.

Es gibt reiche Menschen, wie die Geissens, die genießen das öffentliche Dasein, und dann gibt es andere, die möchten Geld haben, aber relativ unerkannt durchs Leben gehen. Da ist der Kontostand als solcher schon eine Trophäe, die unendlich viel Befriedigung herbeischafft.

Birko spürte eine gewisse Aggression in sich aufsteigen, was ihn beunruhigte. Gewiss.

Rinne und Susi fingen schon richtig an zu kochen. Sie sahen den Kaschmirschal, blickten auf feinste Lederschuhe, teuerfarbige Strümpfe, auf das ganze Kleidungsensemble des Mannes und verspürten Wut. Volle, tolle, olle Wut. Plötzlich. Aber wie!

Nie konnte man damit rechnen. So seltsam dieser Tag auch verlaufen war. Auf dieses „Hochkochen" hatte nichts hingedeutet. Auch Birko wurde nun wütend, als wäre es ein Virus, und nun hätte eben der sich über Birko, Susi und Rinne ausgebreitet, nein, innen drin, in ihnen. So schien es doch zu sein!

Susi stürmte auf den Mann zu, ergriff den Schal und wollte ihn so würgen. Nicht erwürgen, nein, nur etwas würgen. Auch Rinne hing an diesem Schal. Birko entschied sich, auf die Brust des Reichen zu trommeln. Händig, fäustig.

„Ihr macht doch die Städte kaputt! Ihr! Wegen euch müssen wir alle durch Corona waten, an jeder Ecke. Selbst Karneval ist nicht mehr wie früher. Ihr seid es doch!"

Birko schrie sich allen Unsinn zusammen. Rinne und Susi zogen weiter am Schal. Der Reiche klagte laut. Es konnte nur eine Frage der Zeit sein, bis welche angelaufen kamen. Die Treppe hoch, die

Treppe runter. Wer würde kommen?

Da standen dann Nanni und Mike auf der Straße. Nanni wie wild am Filmen, als ob die ganzen Szenen nicht schon schlimm genug waren.

Birko rief: „Helft uns doch. Der Reiche hier, der ist alles schuld. Den müssen wir doch nur kleinmachen. Dann wird es gut."

Und Nanni filmte, dieweil Mike lachte.

„Das Böse ist wieder da! Ist immer da!", rief Mike triumphierend. Es schien alles aufzugehen, alles wie von langer Hand geplant. Am 200. Geburtstag von Dostojewski hatte alles sich ereignet, wie es die Kameras brauchten. Schön! Und die Wahrheit ja auch! Über den Irrsinn, den Rinne in diesem Buch mal „Lebchen" nannte.

Gleich würde der Reiche sich losreißen ... von den drei ... nun auch bösen Menschen. Von den Neubösen. Und zugeben, dass er im Karneval gerne als Reicher herumlaufen würde. Sehr gerne. Und so seien dann Mike und Nanni auf ihn gestoßen, und so sei alles nun okay. Das Kostüm funktioniert!

Wenn er sich nur nicht infiziert habe! [Das war die große Frage des Tages, der nächsten Wochen, der Monate, der Jahre. So ein böser Virus!]